講談社文庫

悠久の窓（上）

ロバート・ゴダード｜加地美知子 訳

講談社

わが父
ウィリアム・ジェームズ・ゴダード
（一九〇三―一九八四）に捧ぐ

悠久の窓（上）——目次

生涯の日を正しく数えるように教えてください。
知恵ある心を得ることができますように。

詩編　90：12

（新共同訳　聖書による）

悠久の窓（上）

●主な登場人物〈悠久の窓〉

マイケル・パレオロゴス　考古学者
アンドルー　その長男
アイリーン・ヴァイナー　長女
バジル　次男
アンナ　次女
ニコラス（ニック）　三男
モーリス・バスクコーム　パレオロゴス家の顧問弁護士
タントリス　大富豪
エルスペス・ハートリー　その助手
ケイト・モーソン　アンドルーの元妻
トム　アンドルーの息子
テリー　ケイトの夫
プルー・カーノー　トレナーの家政婦
ワイズ　巡査
ペンローズ　警部補
デメトリウス・アンドロニコス・パレオロゴス　マイケルの親類
デメトリウス・コンスタンティーネ・パレオロゴス　アンドロニコスの息子
デーヴィッド・アンダーソン　マイケルの教え子
フレデリック・デーヴィー　元採石工
ジュリアン・ファーンズワース　マイケルの同僚の考古学者
ディグビー・ブレイボーン　同右
ヴァーノン・ドライズデール　中世史の教授

第一部

1

彼は行くことを承知したのを後悔してはいなかった。自分が決心したことはすべて、どんな結果になろうと、ある程度は諦《あきら》めて受け入れることをずっと以前から学んでいた。それゆえ、後悔というのは適切な言葉ではなかった。とはいえ、結果はゆっくりと嬉しいとはかぎらないものへ孵《ふ》化《か》していく。西への長いドライヴは、車が進むにつれますます強くそのことを彼に気づかせた。彼の過去は彼に牙をむく危険な場所であり、彼の現在は彼を包みこむ静かな平地だった。故郷へ行くことによって、彼は避難所を捨てようとしているのみならず、もはや避難所は必要ないと宣言しようとしているのだ。それは自明の事実だと、当然ながら彼はそう言っただろう。しかしながら、言うことと信じることはまったく違うことだ、喧騒《けんそう》と静寂《せいじゃく》の違いにもひとしいほど。そして、グレーのつやつやした会社の車の色つきガラスと衝撃に強いスチールごしに、もっぱら彼が耳にしているのは……静寂だった。

それに、故郷へ帰るために西へ向かうのは歴史的に見ても矛盾《むじゅん》することだった。冷静で有能な中間管理職の英国人という役柄を彼がどんなにみごとに演じていても、彼の祖父の家系調査が信じられるとすれば、ニコラス・パレオロゴスは完全にもっとエキゾティックな出自、すなわち、ビザンティンの最後の皇帝の子孫だった。彼は自分の半伝説的な東方のルーツにたいして、つねにはげしい侮蔑《ぶべつ》をあらわにしたし、実際にそう感じていたと言っていい。そのルーツが引きつけてきた注目は、どんなにいいときでも、ありがたくないものだったし、最悪のときには……だが、憶《おぼ》えている最悪のときに彼はいつまでもこだわりたくなかった。家族と離れて独りになってからは、祖先がギリシャ人であることは認める気になったものの、それだけで、その名前に気づく少数のいやな連中にたいしては、皇帝との繋《つな》がりをいっさい否定した。

なにぶんにも、パレオロゴス一族の末裔《まつえい》がイギリスにたどり着いたなど、到底、ありそうもないことに思われた。それでも、彼らの寄せ集めのとぎれとぎれの歴史はそう主張していた。ビザンティン帝国が栄光に見放されて以後の最後の二百年のあいだ、パレオロゴス王朝がビザンティンを統治したが、ついに一四五三年、コンスタンティヌス十一世の代になって、包囲するトルコ軍への抵抗もむなしく、彼らは首都コンスタンティノープルの城壁を守ることができなかった。王朝崩壊により、死を免れた一族は四散し、地中海周辺の同じ名前を持つもっと卑《いや》しい人々と混じり合った。ところがそののち、コンスタンティヌスの四代のちの子孫にあたるシオドアが、イタリアにおける計画殺人の告発から逃れるために、逃亡者としてイギリスの土地に足を踏み入れた——そして、ついにそこから去ることはなかった。彼はロワー家の客人として、ランダルフ教会区のプリマスの反対側に位置する、コーンウォールのテイマー川岸のロワー家の館、クリフトンで生涯を過ごし、一六三六年にそこで没した。

ニックの祖父のゴドフリー・パレオロゴスがその地域に定住して、かなりの相続財産があったおかげで、暇な時間をたっぷりつぎこんで自分が王族の家系の出であることを証明しようと思い立ったのは、ランダルフ教会にあるシオドア・パレオロゴスの記念銘板を見つけたためだった。彼は教会とカーグリーン村の中間にある、トレナーと呼ばれる荒廃した農家を買いとり、ゆっくり手を入れながら、それを住み心地のいい家族の住まいに改造した。プリマスで生まれ育った彼は、自分がずっと昔に亡くなったシオドアと血縁関係にあることをついに立証できなかったものの、すくなくとも、ランダルフ教会に埋葬されたいという彼の強い願いは叶《かな》えられた、十七世紀に造られたパレオロゴスの地下納骨所の内部にではなかったけれど。

彼の息子のマイケルはオクスフォードで考古学を研究し、そのままそこで教鞭《きょうべん》をとった。ニックをふくめ、彼の五人の子どもは全員、オクスフォード市で生まれた。マイケルは両親の死後もトレナーを売却せず、休暇を過ごす家として利用していたが、引退後は結局、そこに引きこもった。妻が亡くなってからはそこで独りで暮らしているが、子どものうちの四人が偶然、または、みずから選択して、その地域の彼の近くに住んでいた。ニックだけが家族とは遠く離れて暮らしている。だが今、彼もうちへ帰ろうとしていた。長いあいだではないけれど。それに、あまりいい理由で帰るのでもなさそうだと彼は感じていた。

金曜日の午後だった。途中で湿っぽい冬の夕暮れに追い越されてしまった。でもそのほうがよかったかもしれないと、道路わきの標識で目的地までの距離を計算したとき、彼はそう思った。暗闇の被いが彼には必要だっただろう。たしかに何かの被いが。彼にはつねにそれが必要だったのだ。

日曜日は長兄の五十歳の誕生日だった。アンドルーはボドミン・ムーアで羊を飼っているが——姉のアイリーンによれば——離婚して、ひとり息子と引き離されたことや、英国の農業の憂鬱《ゆううつ》な状況のせいで、ますます惨めで孤独な人間になるばかりだという。だから、トレナーでのバースデー・パーティは——きょうだいが集まることは——彼らみんなにとって役に立つだろう、とくにアンドルーにとって。それはニックが無視するわけにはいかない誘いだった。だが彼を誘いだすにあたって、その集まりにはそれ以上の目的があるのだとアイリーンは白状した。「わたしたちでこれから先のことを話し合わなきゃならないのよ。父さんはもうあまり長くは、トレナーで独りでちゃんとやっていけるとは思えないの。そこへ突然、ある可能性がもち上がってきたんで、あなたの意見も聞きたいわけ」しかし、彼女は電話でくわしい話をするのを拒んだ。ニックの良心と同時に好奇心をかきたてたいと願っての作戦だろうと、彼は推測した。彼女のもくろみは功を奏した、彼女が願ったほどの決定的な効果はなかったにせよ。ニックとしては断るための適当な口実がなかったから、結局は承知したのだった。

プリマスに着いたときには、ラッシュアワーの車の渋滞《じゅうたい》がちょうど解消しかけていた。彼はA38を通り、街を突っ切ってテイマー・ブリッジまで進んでいったが、そこでは橋の拡張工事がおこなわれていて、黒く広がっている川の上をのろのろ徐行する羽目になった。列車が左手の鉄橋を渡って、彼がやってきた方向を目指して走り去った。あれに乗って戻りたいと思わずにはいられなかった。じゅうぶん訓練をつんで身につけた平静さを、一瞬、手放さずにはいられなかった。

だがそれもほんの一瞬だった。すぐに彼は冷静さをとり戻した。橋の向こう側で道からそれてソールタッシュの中心部に入ると、町のいちばん古い地域を通って逆戻りし、道路と鉄道が頭上にのしかかってくるように思える険《けわ》しい坂道を、川のほうへ下っていった。坂の下で右に曲がったとたん、前方の波止場地帯に〈オールド・フェリー・イン〉の暖かな灯のともった窓が目に入った。アイリーン・ヴァイナー、旧姓パレオロゴスは、この十二年、女主人としてその店をとりしきってきた。パブを経営することは、彼女の夫が、余剰人員としてデヴォンポート造船所を解雇《かいこ》されたあとで考えついたことだった。ところが、彼はすぐに売り上げのほとんどを飲んでしまうようになったために、アイリーンは離婚弁護士の力を借りてその問題を解決する羽目になった。パブの経営はわたしがどうしてもやりたかったことではないと、彼女は自分ではそう言っているが、ニックが予想したよりはずっと順調にその仕事を続けている。

彼はパブの小さな裏庭に乗り入れ、アイリーンのヴォクソールとプラスティックのボトルが入った大箱のあいだの狭い隙間に、じりじりと車を割りこませてから、エンジンを切って車をおりた。川辺のひんやりした湿っぽい空気を最初に肺いっぱい吸いこんだ瞬間、彼はようやく、ああ、本当にここまでやってきたんだと実感した。彼のほぼ真上には時代遅れの鉄橋のスパンが黒っぽく見えていて、東行きの列車が通りすぎた今は静まりかえっている。前方には近代的な道路橋がそびえ、その下にはいくつもの工事用の足場が宙吊りになっていて、ナトリウム灯のぎらぎらする光が橋の形をぼやけさせている。彼の姉は奇妙な店を選んでいた。旅の必然的な構造変化によって文字どおり影が薄くなり、もうそこでは見られなくなった輸送機関を記念して名づけられた店。どう見ても〈オールド・フェリー・イン〉に将来性はなかった。

ニックにはたしかにそう思われた。だが、それがどうだというのだ？　彼はこの週末しかここにいない。そう、やってはきたが、どうせすぐに、ほんとにすぐに、去ってしまうのだ。

車のトランクからバッグを取りだし、パブの正面のバーの入り口へまわると、ちょっと頭をかがめながら戸口を通り抜けて店に入っていった。建物の構造上、パブとラウンジははっきり二つに分けられていて――アイリーンと彼女の客たちは二つの部屋を単に表と奥と呼んでいるが――中央にあるバーで両側の客の注文を受ける仕組みになっている。天井は低く床はでこぼこで、壁はまるで土牢の壁のように分厚い。約五百年という年月は、その建物にとってなまやさしいものではなかったのだ。かといって、そこには博物館のような趣《おもむき》もまったくなかった。二台のスロットマシンの周囲に地元の若者たちが散らばっていて、新来者を迎えてくれるのはかび臭さだけではないとわかった。

煙草の煙となると、まったくべつの問題だった。生来、煙草を受けつけないたちのニックは、大股で部屋を通り抜けながら無意識のうちに咳きこみ、スロットマシンのそばにいるグループから不審げな視線を投げられた。身だしなみのいい、スマートなスーツ姿の見知らぬ男を目にして、彼らは嬉しくなかったようで、ここの女主人とのきょうだいとしての類似点も明らかに彼らの目にはとまらなかった。

じつのところは、類似点はかなりはっきり目についた。二人は身長も体格も似通《にかよ》っていたし、つやつやした黒っぽい髪にはちょうど同じぐらいの量の白髪が混じっていた。通常の基準で美しいと描写するには、ちょっと顔が長すぎたし鼻も鷲鼻《わしばな》だったが、にもかかわらず、その印象的な外見はどんな集まりでも人目を引きそうだった。

アイリーンはバーのなかでスツールに腰かけ、空っぽの奥の部屋にぼんやり視線をすえたまま、表の部屋の若者たちにせっせと酒をすすめている髪を金色に染めたウェイトレスと、肩越しに小声でお喋《しゃべ》りをしていた。

「ああ、彼がきたわ」ニックの姿が視野に入ったとたん、アイリーンがそう言った。

「いらっしゃい、久しぶりね」彼女はスツールから跳びおり、バーから出てきて彼にキスした。「元気そうじゃないの」

「そっちも」

「このアンサンブルはどう?」彼女は爪先でくるっとまわって、腰にぴったり巻きついているスカートとハイヒールの靴を見せびらかした。ランプの明かりが彼女の真っ赤なブラウスに反射してちらちら光った。「地元の人たちのための金曜の夜のおしゃれ。わたしのこの足首がなかったら、ボート屋のところへ道路を駆けていってしまう連中がかなりいるのよ、言わせてもらうけど」

「そうだろうね」ニックにもそれは頷けたけれど、今ではアイリーンの崇拝者も不足気味だと思われ、彼女のゆっくりと消えていく微笑がそのことを認めているようだった。

「彼らはもうじきやってくるわ」

「混み合うまえに着いてよかったよ」

「そのためにオフィスからまっすぐやってきたようね」

「ああ、午前中にオフィスを出たんだ」

「いっぱい飲む？」

「たぶん、あとで。まず、さっぱりしたいから」

「そうよね。あなたがどんなに遠くからきたか忘れてたわ。すぐに階上《うえ》へ行ってね。ローラの部屋に泊まってもらうわ。おなかがすいてるんなら、冷蔵庫にキシュとサラダが入ってるから」

「オーケー。じゃあ、あとでね」

ニックは女性用トイレの横の〝プライヴェート〟と記されたドアを開け、居住部分に通じる狭い階段室に入った。二段ずつ階段をのぼって窮屈《きゅうくつ》な踊り場まで行った。その踊り場が表側の居間と寝室、裏側の台所と浴室ともうひとつの寝室につながっている。裏の寝室が今は寄宿学校に入っている姪の部屋だった。ベッドは彼のためにととのえてあった。彼はそのかたわらにバッグをどすんと落とし、ドアの内側に貼ってあるポスターの少女は誰だったかなとすこし考えこんだあと、すぐに浴室に向かった。

四十分かそこら経って、ニックがまた下へおりていったときには、十数人の、さっきの話に出た地元の男たちが、もう奥のバーに腰をすえて冗談や噂話を交わしていた。彼らの何人かにはかすかに見覚えがあったし、向こうもそうだった。アイリーンが彼の訪問と、その表向きの理由――トレナーでのパーティ――について、彼らにざっと話していたことがすぐにはっきりした。彼は歓迎されていると感じ、グループの一員のように何杯も酒をおごってもらった。そのあとの数時間のあいだに、彼はふだんの一ヵ月ぶんよりもたっぷりと微笑を振りまき、雑談をした。そしてついには、顎《あご》が痛くなり、緊張でこぶのように固くなった胃がきりきり痛んだ。あからさまな質問を彼にぶつけてくる者は誰もいなかった。ローラのふわふわのウサギたちや少女バンドのCDのあいだに窮屈に押しこまれるぐらいなら、どうしてトレナーに泊まらないのか？　あの家なら大きくて、彼が長年、兄のバジルといっしょに使っていた部屋をふくめ、空いている寝室がいくつもあるというのに？　訊かれなくて好都合だった。彼には適切な返答はできなかったから。アイリーンはまだ彼に事情を打ち明けていなかった。受けとったことを後悔しながら三パイント目のギネスを飲むあいだ、彼はぼんやり考えていた。おそらく、この地元の人たちはもう知っているんだろう。知らないのは自分だけかもしれない。だがそのあと、誰かの細巻き葉巻の煙ごしに姉の用心ぶかい警告するような眼差しをとらえ、いや、やっぱりそうではないようだと思った。

真夜中近くなってから、ようやく最後の客が外の暗闇に吸いこまれ、ウェイトレスもざっと片づけをすませてから家に帰された。アイリーンはその夜はじめての煙草に火をつけ、自分とニックにたっぷりとグレンモランジーを注いでから、炎をあげて燃えているように見えるガスヒーターのすぐそばの、彼のテーブルへとやってきた。ヒーターの人工的な揺れる炎が、打ち出し銅の縁取りや両脇についている馬具飾りのメダルに反射してちらちら光っている。

「彼ら、気のいい連中のようだね」帰っていった、にぎやかに飲んでいた男たちについて彼は感想を述べた。

「それなら、あなたにとって辛《つら》すぎたわけじゃないのね？」タンブラーの縁から彼女は気遣うような微笑を弟に向けた。

「ああ。だって彼らはみんな――」

「こうした経験がって意味よ。あなたは大勢の人といっしょにいるのは好きじゃないでしょう？　彼らの仲間だと見なされる場合はとくに」

「なんとかやってけるさ」

「ほんと？　あなたのことが心配なのよ、あんな遠いところで、独りぼっちで――」

「心配するようなことは何もない」

「以前はあったわ」

「でも、もうない」

彼のほのめかしに気づいたらしく、アイリーンは話題を変えた。「とにかく、あなたがこられてよかったわ」

「アンドルーもくると思う？」

「もちろん。けれど……」

「彼は顔を見せるとはかぎらないよ」

「彼がどんなふうか知ってるわね。ひどくなるばかりなのよ、ほんとに」

「それなら、弟がいきなり姿を見せるというのは、そんなにいいアイディアかな？」

「わたしたちは家族なのよ、ニック。みんなで集まるのが悪いアイディアのはずはないでしょう。それに……」

「兄さんの誕生日のためだけに、ぼくをここへ引っぱりだしたわけじゃないよね」

「ええ」彼女は煙草をぐっと深く吸いこんだ。「もちろん、父さんのこともあるわ」

「日曜日にぼくがあらわれること、おやじは知ってるの？」

「いいえ。わたしたちは彼ら二人を……びっくりさせようと思ったの」

「わたしたち？」

「アンナとわたし」

「バジルはどうなの？」

「どういうことかは承知してるわ」

バジルはここしばらく、妹のアンナのうちに住んでいるから、当然、おおよそのところは承知しているだろうとニックは思った。「彼は運がよかったよ」

アイリーンはため息をついた。「わかったわ。そろそろ本当のことを話すときね。あなたは一年以上も父さんに会ってないでしょ。そう、彼は最近、かなり衰えてきたの。弱々しげになった……と言えるでしょうね。わたしの記憶にある父さんはとても大きな人だった。それが今では……小さくなっちゃって」

「もう八十四だからね」

「はっきり目につくのよ、それが。母さんがまだ生きてたら、違うでしょうけどね。このままだと、どうやってトレナーで暮らしていけるかわからないわ、あの家は父さんひとりの手にはあまるもの」

「プルーはどうなの？」両親のところで長年働いてきた雇い人のことを口にしなが

ら、彼女自身が八十四よりたいして若くはないだろうとニックは計算していた。「彼女は父さんに目を配ってないの?」

「白内障《はくないしょう》の目でできるだけのことはやってるわよ、ええ。でも、彼女はもうあまり実際の役には立たない。わたしたちは事実と向き合わなきゃ」

「おやじが事実と向き合わなきゃってことだろう」

「アンナが父さんにおあつらえ向きだと考えてる施設が、タヴィストックにあるのよ。ゴートン・ロッジ」

アンナはプリマスにある居住用老人ホームの看護師兼管理人だから、そうした事柄を判断するにはふさわしいだろうとニックは考えた。それでも、このすべてには、いささかことを急ぎすぎる軽率さがあるように感じられた。父親に憐《あわ》れみをおぼえ、彼はその不慣れな感情にとまどった。

「あすの夜、彼女がそのことについて話すから、あなたに夕食にきてほしいと言ってるわ。でもね、ゴートン・ロッジはすばらしいところよ、本当に。このあたりでお金で買える最高の施設」

「そのことだよ、ぼくが——」ニックの言葉がとぎれた。お金という言葉が口にされたことで、ひとつの考えが頭に浮かび上がってきたのだ。誰がゴートン・ロッジの費用を払うというのだ? 祖父が相続した財産は次の代まで残らなかった。そして父は、学者の報酬では――しかも五人も子どもがいては――自分の老年期をまかなう金はほとんど残らなかったと、つねづねはっきり口にしていた。それに子どもたちも誰一人として、どんどん金を儲けてはいない。明白な資金源となると、トレナーの家しかない。だが、それは子どもたちが相続する財産だった。それを父親が気楽に老いぼれていくための費用に当てることに、どうして兄や姉たちはにわかにそれほど乗り気になったんだろう？　ある意味では、それは見上げたことだった。だが同時に、それはあまりにも彼らに似つかわしくない。「家を売らねばならないだろうね、アイリーン」

「もちろんよ」

「だが、おやじが十年かそれ以上も長生きしたら、五年ですら……」

「べつに違いはないわ」

「違いはない？　そんなこと、おかしいじゃないか。トレナーにどれだけの値打ちがあるんだよ？　三十万？　せいぜい三十五万だ」

「公開市場なら、おそらくそうでしょうね」

「ほかにどんな市場があるんだよ？」

「内々の取引。ある人が父さんに五十万払うと申し出たの」

ニックは仰天して姉を見つめた。「五十万？」

「そうよ。五十万ポンド。即金で」

「でも……おやじが売りにだしたわけじゃない」

「だから高値なのよ」

「かなりの高値だ」

「バスクコームの納得のいくように、現在は弁護士の仮勘定に入れてあるわ」

バスクコームはパレオロゴス家の顧問弁護士だった、彼の父親も――さらには、そのまえの彼の祖父も――そうだったように。有望な買い手は明らかに本気なのだ。

「ある人って誰なんだい？」

「タントリスって名前よ。彼については何も知らないわ。外国系のようね。でもそれを言うなら、わたしたちだってそうだけど。わたしたちは誰も彼に会ったことはないの。仲介者をとおしての取引なのよ」

「どうしてあの家が欲しいのかな？」

「そんなことが重要なの？」

「かもしれない。おやじはなんと言ってるんだ？」

「売らないと言ってる」

「なら、それで決まりだ」

「わたしたちで彼を説得すればいい。共同戦線をはるのよ」

「それでぼくもここへ呼びだされたってわけか」

「まさか」アイリーンは咎《とが》めるような眼差しを彼に投げた、それだけの理由だったのかと言われたことに、がっかりしたわと言わんばかりに。「あなたにも知る権利があると考えたのよ。あなたにだって、ほかのきょうだいとともに利益を得る可能性があるんだから。でも、わたしたちがタントリスさんのお金を投げ返したら、もちろん、それがふいになってしまうわ」

「投げ返そうとしてるのはおやじだよ。それに、利益というのも怪しいもんだ。ゴートン・ロッジに入るとなれば、その金でちょっぴり長くやっていけるだけだ。ぼくにわかるかぎり――」

「タントリスさんが入居費用を払ってくれるのよ」

その夜、二度目だったが、ニックは仰天して姉を見つめた。「な、なんだって、て?」

「タントリスさんが払ってくれるの。何かの信託資金で。バスクコームによると、合法的なきちんとしたものだそうよ」

「どうして彼はそこまでするんだ?」

「取引を確実にまとめるためだわ」

「でも――」

「それと、言うまでもないけど、わたしたちの反対を抑えこむため。わたしたちを彼の味方につけるための作戦でしょうね。彼の動機について思い違いはしてないわ」

「でも彼の動機はいったいなんだよ？　どうしてそれほどトレナーを手に入れたいんだ？」

アイリーンは肩をすくめた。「さっきも言ったけど、それが本当に重要なの？」

彼女のはぐらかそうとする態度は度を超えていた。ニックはテーブルごしに姉のほうへ身をのりだした。「知ってるんだね、アイリーン？」

彼女は数秒かけて煙草をもみ消してから、ようやく答えた。「ええ、わたしたちはみんな知ってるわ」

「ぼくをのぞいて」

「そのとおりね」

「それで？」姉をいちいち促さねばならないことに、彼は苛立ちを隠そうとしなかった。

「ちょっと……異常な動機なの」

「そりゃそうだろう」

「驚くべきもの、と言ってもいいわ」

「それなら、驚かせてくれよ」

「じつはね……」アイリーンは彼をなだめようとして、にっこりした。「その説明は、わたしよりずっと適任者に任せるつもりなの」

「へえ、そう。誰なんだ、それは？」

「タントリスさんの助手のハートリーという女性が、あなたに会って事情を説明したいと言ってるの。最初に自分の口からきちんと説明するほうが、彼女にとって望ましいでしょうし、正直いって、わたしもそうだわ。彼女ならあなたのすべての質問に答えられるから」

「彼女にとって望ましい？　向こうはぼくを知ってるんだね？」

「あなたについて知ってるわ。あなたの意見を考慮に入れねばならないことは、彼女にはっきり言ってある。だから彼女は、ぜひともあなたの意見を確かめたいと思ってるの」

「じつに行き届いた方だ」

「皮肉ね」アイリーンの微笑が大きくなった。「いい徴候だわ、ニック」

「なんの徴候だね？」

「また人類の仲間に加わった徴候」彼女は姉としてのありったけの優しさをこめて彼を見たが、ニックはそれに調子を合わせることも、それを拒むこともできないと感じた。「そこがあなたのいるべき場所だもの」

「いつハートリーさんと会う手はずになってるのかな？」彼は実際問題から離れまい

として、そう応じた。

「あすの正午」

「ここで？」

「違うわ。セント・ネオトよ。村の教会で」

「セント・ネオト？」

「リスカードとボドミンのほぼ中間よ」

「よせよ、場所は知ってるさ。わからないのは、その女性に会うために、どうしてわざわざあんなところまで行かなきゃならないのかってことだ」

「そうね。でもあそこへ行けば、わかるわよ」

「それはどういうことなんだね？」

「ハートリーさんがすべてを説明することになってるの」アイリーンはグラスの酒を飲み干した。「だから、わたしはもう、おやすみなさいを言わなきゃ」

2

　これまでの長年の経験から、アイリーンが話さないと決めていることを、告げるように迫ったところでむだだとニックにはよくわかっていた。翌朝目覚めたとき、そうしなくてよかったと、彼はすこしばかり安心した。すくなくとも、そんな過ちを犯さずにすんだのだ。ところが、彼はべつの過ちを犯してしまったために、今になってその罰を受ける羽目になった。昨夜はいつもよりはるかに多量の酒を飲んでしまった。おまけに、アイリーンが寝室へ引きとったあとで、辟易《へきえき》するほど活発に働きつづける思考を抑えこむために、二杯目のグレンモランジーを呷《あお》ってしまったのだ。いまさら後悔してもはじまらないが。

　そのために、土曜日の朝に車でひとっ走りする彼の習慣も、けさは気分を爽快にするどころか苦行だった。だがせめて、天候は彼にやさしかった——曇って穏やかで、ひんやりした冷気がすがすがしかった。彼はソールタッシュ・スクールを通りすぎ、鉄道の線路沿いの道を走って南へ向かった。そのあと、ハクチョウやカモメや、プリマスの空を優美に飛行するガンを眺めながら、くねくねとタウン・キーへくだっていった。頭痛はよくならなかった——どちらかというと、ひどくなっている。だがとにかく、頭痛にさいなまれることにある程度は慣れてきた。

〈オールド・フェリー・イン〉に近づいたとき、ベーコンを炒める香りがただよってきた。驚いたことに、彼はその香りに明らかに心をそそられた。かりかりのベーコンとスクランブルド・エッグがアイリーン独自の二日酔いの特効薬だと判明した。さらに驚いたことには、たしかにそれは効いた。コレステロール値とカフェイン濃度をめいっぱい上げてから風呂に浸かったあとは、体調がかなり回復したようで、自分がまわりからそう認められているような、比較的明晰《めいせき》な思考のできる人間に立ち戻った気がした。

十一時に彼は出発した——延ばされ待たされている説明を聞くために、約束の一時間前に。

これまでにセント・ネオトを訪れたことがあったかどうかニックは思いだせなかった。そこは、ボドミン・ムーアの南側周辺地域にあるいくつかの村のひとつだった。トレナーからの家族旅行で、子ども時代か青年期にそこへ行ったことがあるような気がした。アイスクリームを食べるために立ち寄ったんだっけ？　はっきりしなかった。セント・ネオトを目指して、ラヴニー渓谷から木立のなかのカーヴした道を走っていくあいだも、はっきりした記憶はよび起こされなかった。けれども、そこはきれいな村に見えた。ムーアのゆるやかに傾斜している丘陵地帯の下に散在するコテージの煙突から、ゆらゆらと煙がたちのぼっている。

教会は村のいちばん高い場所に建っていた。真四角なのに優雅で、何世紀もまえに亡くなった建造者たちのすぐれた技術を証明する、風雪に耐えた花崗岩《かこうがん》の建物だった。ニックは教会敷地の西の端にめぐらされた塀の下に車をとめた。その駐車場は、教会とほとんど同じぐらい古びて威厳のある〈ロンドン・イン〉との共有になっていた。そのパブは開いているようだったが、こんなに早くから客が入っている気配はなかった。教会の時計が正午まであと十分だと告げている。約束の時間より早く到着した。

しかし、ほかの誰かもそうだった。彼は小さな赤のプジョーの横に車をとめたが、彼が車からおりると、プジョーの運転者も車から出てきた。

小柄のほっそりした女性で、ジーンズとセーターの上に羊の毛皮のコートをはおっていた。青白いまじめそうな顔を黒っぽい縮れた髪がとりかこんでいる。小さな金縁の眼鏡ごしに栗色の生真面目な瞳が彼を見つめた。「パレオロゴスさん？」と問いかけた彼女の言葉に、イングランド中部地方の訛《なま》りはまったくなかった。

「そうだ。ハートリーさん？」

「そうです」二人は握手したが、エルスペス・ハートリーの握手は驚くほど力強かった。おおまかな印象では、大富豪——それが彼の実体だとして——の個人秘書——それが彼女の実体だとして——にたいするニックの期待に、彼女はこたえていなかった。「いらしていただけてよかったわ」

「そのことでは、姉のおかげであまり選択の余地がなかったからね」

彼女はそれを聞いて、ちょっと眉を吊り上げた。「どの程度ご存じかしら？」

「わたしが知っているのは、あなたのボスがトレナーを手に入れたがっているということ。事実上、どれだけの代価を払っても、ってことらしい。そして、あなたがわたしにその理由を説明してくれると聞いている」

「じつはね、彼はわたしのボスではないの。むしろパトロンというのが本当のところ」

「あなたは彼の助手じゃないの？」

「わたしは美術史家です。タントリスさんはブリストル大学でのわたしの研究を援助してくださってるの。でもある意味では、あなたの言葉は正しいわ。わたしは彼の助手になってしまったみたい。とにかく、いくぶんかはね。ご本人は巨大で複雑な金融取引であまりにも多忙なために、ここまで出向いてこられないの」

「どこから？」

「ロンドン。ニューヨーク。チューリッヒ」彼女はにっこり微笑んだ。ニックは思わず、彼女はできるだけこんなふうに微笑むべきだと考えた。「所在地はいろいろ」

「でもタントリスさんの居住地はどこ？」

「モナコ。そう聞いてるわ。でも、じつを言うとね、彼に会ったことはないのよ。わたしの研究の資金援助をしてもらって、ありがたいと感謝してるだけで。ところがそれが、思いがけない方向へわたしを導いてしまったの。たとえば、研究をすすめるうちに、ビザンティン帝国の皇帝の末裔《まつえい》に出会うなんて考えてもいなかったわ」

「われわれの血統なんか、くわしく調べる価値はないよ」

「それは、あなたのお父さまがおっしゃったこととは違ってるわ。彼がわたしをドアから追いだすすこしまえに」

「でもね、あそこは彼のドアだ」

「わかってます。けれど、タントリスさんがトレナーを取り壊して、あの敷地に十二軒の高級住宅を建てたがってるわけじゃないのよ、そうでしょう？」

「へえ、そうじゃないの？」

「オーケー」彼女はまた微笑した。「わたしたちがここへきた理由にそろそろとりかかったほうがよさそうね？」

「グッド・アイディアのようだ」

「教会に入りましょう。そうすれば、あなたにも理解できると思うから」

その言葉を額面どおりに受けとって、ニックは彼女のあとについて教会敷地の門を通り抜け、教会の南のドアへまわったが、その近くの墓石のあいだには、すり減ったケルト十字の支柱がいくつか群がっていた。

「大昔の魔よけ」それを見つめている彼の眼差しに気づいて、エルスペス・ハートリーが説明した。「この教会よりずっと古いものだわ。ここは十五世紀に早期ノルマン様式の建物と建て替えられたの。さあ、なかに入りましょう」

彼女はポーチに足を踏み入れ、ドアの掛け金を上げて押し開けると、教会の内部へニックを導き入れた。

彼は足をとめて内部を見まわした。身廊と側廊もみごとに均整がとれていたが、即座に彼の目を引いたのは、力強く鮮やかでありながら、繊細なきらめきを放っているステンドグラスの窓だった。彼があとにした墓地の淡い灰色の光が、なぜか明るさを増したように見える。

「やはり、あなたの目にとまったわね」エルスペスが言った。

「きれいな窓だ」

「きれいどころじゃないでしょう。じつにすばらしいわ。それに歴史的に見ても貴重なものよ。宗教改革以前の教区教会でステンドグラスが組みこまれてるものはきわめてめずらしいの。質の高さと完璧さで、これはグロスターシアのフェアフォードに次ぐものだわ」

「どうしてそんなにめずらしいの？」

「大部分が大内乱のさいの聖像破壊によって壊されてしまったのよ。クロムウェルの軍隊の行く先々でガラスを打ち砕く音が鳴り響いたと言われてるわ」

「これが助かったのはどうして？　破壊してまわった道筋からあまりに遠く隔たっていたから？」

「そうじゃないわ。ほかのどこことも変わらないほど、コーンウォールの教会の窓や彫像も破壊されたわ。清教徒はとりわけ徹底的だった。いいえ、違うのよ。セント・ネオトは特別な嘆願と念入りな計画のおかげで助かったの。でも、わたしたちは先へ進まなきゃ。何よりもまず、このステンドグラスをあなたに見てほしいの。本気で見るってことよ」

彼女はニックの先に立って南の側廊を進み、門のある内陣障壁を通り抜けて、南側と東側の隅の二つの窓から射しこむ、青と赤と金色の光に満たされた聖母礼拝堂へ入っていった。

「大掛かりな修復のほどこされていない、十四世紀から伝わる〝天地創造〟と〝ノアの箱舟〟の窓よ。あなたも認めるでしょうけど、みごとなものだわ」

「ああ、そう思うよ」ニックは専門家ではなかったが、それを眺めたとき、みごとな名工の技であることが認識できた。鮮やかに色づけされたガラス仕切りに繰り広げられる天地創造の物語。巡回しながら世界の構想を練っている神から、知恵の木に巻きついている不実な緑色の蛇にいたるまではっきり見分けられた。その最後のガラス仕切りは、明らかに次の窓につながる構図になっていて、ノアに箱舟の建造を命じている神が描かれていた。そして次を見るために向きを変えると、そこには光の海に浮かんでいる、金色の船首の箱舟があった。

「もともとのプランでは、窓から窓へ旧約聖書をそっくり語るつもりだったように見えるわ。でも、お金がなくなってしまったと推測されるの。なぜかというと、側廊を戻っていくときにわたしたちが目にするものといったら、地元の偉い人たちと彼らのお気に入りの聖者たちだけだから。ほかの名目でスポンサーになってもらったわけね。でも芸術的にはすばらしいことだけど」

〝ノアの箱舟〟と南の入り口のあいだの五つの窓には、事実、後光に囲まれた聖者たちと、跪《ひざまず》いて祈っている敬虔《けいけん》な家族のグループが続いていた。ニックは並んでいる窓づたいにゆっくりと歩き、エルスペスもかたわらで歩調を合わせた。

「そして、地元の偉い人たちのあとは、一般の教区の人々。北の側廊の窓は特定のグループからの寄付によって資金がまかなわれたのよ。妻たち、若い女性たち、若い男性たち。セント・ネオトの生活を描いている若い男性たちの窓は、とくにすばらしいわ」

ニックは向きを変えて、それらのもっとつつましい、だが同じように美しい美術作品を鑑賞しながら、身廊をゆっくり歩いて内陣障壁まで戻り、そこで足をとめて東の窓を見上げた。「〝最後の晩餐〟かな？」彼は窓の場面を判断して、そうつぶやいた。

「そのとおりよ」

「しかし……どうもほかのとは違うようだ」

「あなたも目が利くようになってきたわね。それは十八世紀の窓。そのころに大掛かりな手入れや修復がおこなわれたの。かなりの狭間《はざま》飾りの部分が動かされたり取り替えられたり、数個の新しい窓がそっくりはめこまれたりしたわ。ときどき手を入れなきゃならないのよ」

「そうだろうな」

「でも、あなたがこれをどんなふうに見るにせよ、ここにはひとつ、かなり奇妙な脱落があるわ」

「そうかな？」

「ここは教会よ。これらの窓は単なる美術品じゃない。ガラスに描かれた教訓だわ。〝天地創造〟〝人類の堕落〟〝ノアの洪水〟普通なら、すくなくとも〝最後の審判〟に関するものがあるはずだと期待するでしょう」

「まったくないの？」

「現状ではないわ。でも、あるはずよ。わたしの言葉を信じて。〝最後の審判の窓〟は絶対に必要だったはずだわ」

「それなら、どうしてないんだ？」

「あら、あったのよ。当時の教区委員の記録から、わたしたちはそう断言できる。教区委員と言えば、現在の委員の一人がタワーの鍵を貸してくれたの。こっちへきてちょうだい」

彼女は身廊を引き返して、タワーの一階に通じるドアの錠をはずした。ニックも彼女のあとについて鐘楼《しょうろう》へ入っていった。教会のほかの部分からは隠れている西の窓がはっきり見えるように、鐘のロープは両側の壁に引き寄せて結んである。けれども、ニックに見えるのは照明された聖者たちだけで、〝最後の審判〟はそこのステンドグラスのなかには見当たらなかった。

「わたしたちはここに〝最後の審判の窓〟があったと考えてるの。ええ、わたしはそう考えてるわ。主な聖像破壊の時期は二度あった。一度は一六四〇年代の半ば。もう一度は一六五〇年代のはじめ。二度目のときには、セント・ネオトもきわめて深刻な脅威にさらされるようになった、とりわけ一六五一年の春には。そのとき、近隣の教会はさんざんやられたのよ。でも、ここはやられなかった」

「どうしてセント・ネオトは免れたんだね？」

「それは教区委員の肩にかかってたの。教区司祭はそのときには職を追われていた。ランダルフからほんの数キロ北方の、テイマー川のそばにあるホールトン・バートンに住んでいたラウス一族の援助を彼らはとりつけたの。その一族のメンバーのアンソニー・ラウスは議会党の軍人で、州行政官だった。でも、ほかのメンバーたちは高教会派を支持していたようね。それに、彼らの親戚にあたるニコルズ家はここの窓の一枚のスポンサーだった。そこで、ひそかに策が講じられた。襲撃されるのを避けるために窓には水性白色塗料が塗られたけれど、そのおかげで子孫のために保存されたのよ」

「これはいったいなんの話なんだね、ハートリーさん？　今、ランダルフという名前が出てきたけど」

「ええ、そうね。そこはここからどれぐらい離れてる？　三十キロ？　遠いけど、一六四六年に馬だと一日で往復できる距離だわね」

「一六四六年？　あなたは――」

「当時の教区委員の一人、リチャード・ボーデンからの手紙が最近になって出てきたの。彼は五一年の危機に先立って採られた予防措置に言及してるわ。手紙にはこう書かれている。〝我々のもっともすばらしい窓は、それより六年前に移されました。議会軍に支配されているコーンウォールのなかで、それが危険にさらされることに我々は耐えられませんでした。それは我々の忠実な友、ミスター・マンドレルに預けられ、安全に埋めこまれました。そして、今もそこで無事であることを私は保証します〟手紙は王政復古の二年後、一六六二年の日付になってる。〝今もそこで無事〟ですって。興味をそそられるわ、そう思わない？」

「どうしてそれを持ち帰って、元どおり取り付けなかったんだね？」

「いい質問だわ。わたしはそれに答えられると思う。ラウス一族との繋がりから、わたしはホールトン・バートンのあたりでマンドレルを捜す気になったの。その近くのクリフトンの館に住むロワー一族は王党派の支持者で、断固とした高教会派だった。あなた自身の先祖との友情が、彼らがピューリタンに強い反感を抱いていたことを示《し》唆《さ》しているわ。あなたもおそらくご存じのように、シオドア・パレオロゴスの息子は、ネーズビーで王党軍として戦って戦死した。さて、本題に戻って、ロワー家と同じ教区の隣人が、ラウス家の人間と結婚していたトマス・マンドレルという人だったことが判明してるの。窓は彼の家に隠されたのだと思う。けれども、彼は一六五七年に亡くなり、その財産は議会党員でランダルフの荘園主だった、サー・グレゴリー・ノートンに委譲《いじょう》された。ノートン一族の一人が王政復古のあともマンドレルの家に住みつづけた。そしてボーデンは、窓は〝そこに埋めこまれた〟と言ってるわ。その言葉で彼が意味してるのは、なんとかして壁に埋めこんだということだと思うの。新しい居住者が心底は議会党員でありつづけたとしたら、怪しまれることもなく……そこの壁のなかに横たわっている王党派の宝に、彼の注意を引かないようにするのが、いちばんよかったんでしょうよ」

「で、その壁はどこにあるんだね？」

「わからない？」

ニックはわかりきった答えをしぶしぶ認めて微笑した。「トレナーだね？」

彼女は頷いた。「当たり！」


二人は教会をあとにしてパブに入ったが、エルスペスは一パイントのビールと、パンを丸ごと使ったサンドイッチを注文してニックを驚かせた。アイリーンの炒めもの料理のせいで、彼はランチを食べたいという気にならなかったので、ミネラルウォーターだけにした。本筋とは関係のないそうした手配をすませてから暖炉わきのテーブルに陣取ると、彼らはふたたび、長いあいだ行方がわからなかったが、たぶんもうすぐ見つかるであろうセント・ネオトの〝最後の審判の窓〟の話題に戻った。

「今回の件はすべて、古美術品のステンドグラスにかかわっているのだと、あなたはまじめにそう話してるんだね？」

「ええ、そうよ、ニック」(教会とパブのあいだあたりから、彼はいつのまにかファーストネームで呼ばれるようになっていた。)「ステンドグラスはタントリスさんがすこぶる愛着をもってるものだと、そう聞いてるわ」

「彼はここへきたことがあるの?」

「そうらしいわ。でも、彼はいわば隠遁者《いんとんしゃ》なのよ。だから、ごく目立たない訪問だったでしょうね——あわただしい訪問だったことは言うにおよばず」

「そして彼は、行方のわからない窓がひょっとしたら——壁のなかか床下で——見つかるかもしれないからと、トレナーを買いたがってるというわけか?」

「それはかなり見込みのあることなのよ、実際は。ボーデンの手紙から考えて、ほとんど疑問の余地はないわ」

「とはいっても、トレナーはけっこう大きい家だよ。そして、窓が隠された場所を知ってる人たちは三百年以上もまえに死んでいる」

「そのとおりね。だから、どうしてもあそこを空き家にして手に入れる必要があるのよ。わたしたちが捜してるものを見つけるためには、数枚の壁を引きはがさねばならないかもしれない。ほら、窓はランダルフへ運ばれるまえに分解されたはずでしょう。そうなると、三十かそれ以上のばらばらのガラスの板を厳重に包んで、大きな木のトランクに入れて運び、それから……埋めこんだことになるわ。あなたのおじいさまはもとの住居を建て増して広げられたと聞いてる。だから、わたしたちが話してる壁は、おそらく今は家の内部のほうにあるでしょう。あそこの内壁はどれも、埋めてあっても不思議じゃないほど充分ぶ厚いように見えたわ。とにかく、わたしに判断できるかぎりでは。なにぶんにも、わたしは家をちゃんとは見せてもらえなかったから」

「おやじはちょっと無愛想《ぶあいそう》だっただろう？」

「わたしが彼の家にやろうと計画してることを考えれば、彼としては当然だったわ。それだけのことよ」

「理解してもらえてよかった」

「だからこそタントリスさんは、これほど気前よくお金をだす気でいるのよ」

「だが彼にはそうするだけの余裕があるわけだ」

「ええ。自分の気まぐれを思いのままに満たすことができるお金持ち。彼に腹を立ててもけっこうよ、そうしたければ。でもボーデンが、それは彼らのもっともすばらしい窓だと言ってることを忘れないで。それなら、〝天地創造〟や〝ノアの洪水〟よりもすばらしいってことだわ。それらの窓にしても充分にすばらしいと、あなただって認めるでしょうけど。それに、それがもっとも古い窓であることはまず間違いないのよ、タワーは教会のほかの部分よりも古いから。ほかより百年は古いと考えられるわ。昔の建物の一部だったとしたら、もっと古いかもしれない。それは驚くべき発見になるでしょうね——歴史的にも芸術的にも」

「あなたのキャリアをかなり押し上げることになるだろうね」

「そのとおりよ。否定はしないわ。わたしにとってはすばらしいチャンス。そして、あなたやあなたの家族にとっても、そんなに悪いチャンスじゃないわ」

「金が手に入るから？」

「ええ、そうよ」彼女はにやりとした。「わたしたちは誰でもそれが必要でしょう？程度の差はあっても。それに、あなたのお姉さんから聞いたところでは、あなたがたの誰ひとり、お父さまの死後もトレナーを手放したくないとは考えそうもない、ということだわ」

「ああ、そうだろうな」

「それなら、タントリスさんの申し出を承知するのが理にかなったことだわ」

「おそらく。だが、父が賛成するとは思えない。なんといっても、彼の意見が肝心だからね」

「彼の気持ちが変わるようにベストを尽くしてね、ニック」ニックは——自分自身のためばかりでなく——彼女のために頑張ってくれるはずだと、彼女の表情はなぜかそう匂わせていた。「だってね、あなたは当然、彼は気持ちを変えるべきだと考えてるはずよ。やってくれるでしょう？」

「ああ」〝最後の審判の窓〟の計画にたいする彼女の純粋な熱意に、ついにはすっかり心を動かされ、とうとうニックは彼女の頼みを受け入れてゆっくり頷いた。実際、これから先のことを考えると、それに代わる健全な方策はないようだった。「そうするつもりだ」

エルスペスは、彼女の研究のスケジュールに合わせて、あと一週間はコーンウォールに滞在するとニックに告げた。さらに、アイリーンに携帯の番号を教えてあるので、ブリストルへ戻るまえに、いい知らせを聞けるように願っていると言った。いい知らせという言葉で彼女が意味したのは、子どもたちの説得力によって、父がもっとも抵抗の少ない方向へ意見を変えるということだった。

マイケル・パレオロゴスの性格を知らない者にとっては、それはたしかに見込みのある成り行きだと思われただろう。だが、ニックはそれほど楽観的ではなかった。彼の父は頑固《がんこ》な男で、道理を説けば快く受け入れるというのは彼の長所のなかになかった、とりわけ彼の子どもの一人が道理を説く場合には。もちろん今回は、彼らは共同戦線をはることになるが、それは前例のないことではないにしても、めずらしいことだった。それに、いくらおやじだって、自分が老齢であることを否定できないのだ。

しかも独りぼっちで、金にも困っている。さらにアイリーンによれば、弱々しげになったという。

父があくまで拒否できるとは思えなかった。おやじは言うだろう、わしが老人ホームで面倒をみてもらう必要があるとおまえたちが考えたのは、そうすることが、にわかにおまえたちにとってやりがいのあることになったからだ。わしをゴートン・ロッジに閉じこめても、おまえたちにはいっさい費用はかからん。タントリスの金が銀行にあるあいだは、おまえたちが相続する日までそれが利子を生むわけだからな。そう、おやじはまさしくそう言うだろうとニックには充分推測できた。

セント・ネオトからムーアまでニックは車を走らせた。クリフォード貯水池の南端でダムのそばに車をとめ、岸に沿って歩きながら、あらためてゆっくりと現在の状況について考えた。はっきり聞きとれそうなほどの静寂があたりにひろがっている。

タントリスの申し出にたいする父の反応のもっとも奇妙な点は、普通なら、彼は自分から窓を捜すと言い張るはずだと思われることだった。父は考古学者だ。過去を掘りだすことに意義があると信じている。エルスペスが言ったように、これはわくわくすることだった。これこそが、マイケル・パレオロゴスがプロとしての人生をかけたことだった。協力すれば、彼はある種の助言者として立ち会うことができるだろう。

それに関する書物をあらわすこともできる。ドキュメンタリー映画を撮影することもできる。彼にはそれがわからないのだろうか？　そうした可能性があることを評価しないのか？

むろん彼はわかっている。弱々しげになろうがなるまいが、彼は愚かな人間ではない。彼が思い立ったら最後、彼をとめられるものは何もない。彼の非妥協的な態度の底には憤《いきどお》りがある。彼の銀行残高を増やすだけでなく、彼の自尊心をくすぐる必要があった。アイリーンは強引に彼に売らせようとしてきた。だが父は、人から押しつけられるのが気に入らないのだ。

そのことになると、ニックだって同じだ。アイリーンは彼女の調べに合わせて踊らせるために、彼を呼び寄せた。それがまさしく彼がやっていることだ。せめてその調べの一部を自分が書き直すことができれば、このいっさいがもっと好ましく思えるだろう。

貯水池のかなたへ視線を向けたとき、そうする方法がふいに頭に浮かんだ。彼は笑みを浮かべて、車のほうへ引き返しはじめた。

ムーアを横切ってカーウェザー農場まではわずか三キロだった。テンプル村の南のベダルダー渓谷の谷間にあるその農場には、スレート葺《ぶ》きの屋根に花崗岩の壁の灰色の建物がいくつか、ごちゃごちゃと身を寄せ合うように建っている。誕生日のびっくりプレゼントとして、彼が兄の前にいきなり姿をあらわすことをアイリーンは計画していたが、たとえそうではなかったとしても、ニックはそこへ行くことを躊躇《ちゅうちょ》しただろう。ニックとアンドルーの関係はつねにとげとげしいものだった。二人の性格が、どちらも自分からはあまり認める気にならなかっただろうが、似通っていたのだ。とはいえ、それぞれの性格はまるで違った形で現れていた。アンドルーは土地や石や物言わぬ動物に心を引かれた。かたやニックにとっては、問題というのは体を使うのではなく頭を使って解決するものだった。彼らに共通するのは明らかに人付き合いが下手なことだったが、兄弟の絆《きずな》としては、それはけっして強い絆ではなかった。

おまけに、カーウェザーを訪ねるとなると、ニックは相手の意表をつくという有利さを、それを上回る不利な条件で相殺することになるのだ。彼らが会う場所は、アンドルーにとっては気楽な我が家であり、ニックにとっては侵入者のように感じられるところだった。

彼が近づいていくのを最初に嗅ぎつけたのは犬だった。穴ぼこだらけの道をゆっくり車を進めていくと、犬が耳をそばだてて納屋《なや》の陰からあらわれ、開いている門を車が通り抜けたとたんに吠えはじめた。ニックは車をとめてエンジンを切りながら、期待をこめて家のほうへ目をやった。車から出て、犬に咬まれるのは吠えられるよりずっとひどいのかどうか、身をもって知る羽目になるまえに、アンドルーが姿を見せて犬に攻撃をやめさせてくれたら、さぞほっとするだろう。警笛を鳴らしてみたが、ニックとしては絶対にそうしたくなかったにもかかわらず、それは犬をいっそう苛立《いらだ》たせただけのようだった。

そのとき、兄の声が聞こえ、彼はすくなからずほっと胸をなでおろした。「静かにしろ、スキップ」スキップはとたんに静かになった。ニックは家から目をそらして、声が聞こえてきた波型鉄板の屋根を張った小屋のほうへ視線を転じた。すると、そこにアンドルーがいた。油と泥でよごれたオーヴァーオールを着て、ぼろきれで両手を拭きながら、ランドローヴァーの錆びた後部をまわって出てくるところだった。

このまえ会ったときより髪がかなり灰色になり、顔はいっそうやつれている。それに、以前はがっしりしていた肩が、わずかに猫背になっている。アンドルー・パレオロゴスはあと一日で五十歳だったが、それを数歳は超えていると見られかねなかった。陰鬱な雰囲気は彼の白髪以上にひどくなっていた、いっそう深く彼に根付いてしまったのだろう。結局は自分の力では無理だったとわかったことを、成し遂げようとして長いあいだ苦闘してきた男、彼はまさしくそんなふうに見えた。

ニックは車から出た。スキップは唸《うな》り声をあげたが、動かなかった。兄と弟はにこりともせず、中庭をへだてて見つめ合った。「ハロー、ニック」声をかける気などまったくなさそうに見えたそのとき、アンドルーがついにそう言った。

「ハロー、アンドルー」

「どうしておまえがここへきたのか訊ねる必要はない」

「ぼくを見たら兄さんは驚くだろうと思ってた」

「全然」

「兄さんの誕生日だからって、アイリーンがぼくを呼んだんだ」

「彼女に口実を提供できて嬉しいよ」

「それは呼ばれた理由の一部でしかないけどね」

「だが、最大の部分だろうよ」彼は近づいてきた。「お茶でも飲むか？」

「コーヒーがいいな」

「ないよ」

「それなら、お茶でいい」

「なかに入ってくれ。おまえは自分の見たがままにおれを受け入れるしかないだろう」

ニックの見た兄の暮らしは、彼が期待していたというより、目にするだろうと覚悟していたものだった。カーウェザーは中規模の大きさの、がっしりした造りの、湿原に住む家族向けの農家だった。そこを家庭らしく感じさせるには、勢いよく燃える暖炉と跳ねまわる子どもたちが必要だった。だがそうではなく、そこは冷え冷えと静まりかえっていて、まばらな家具調度のあいだに彼らの足音がこだました。二人は台所へ入っていったが、そこではレンジがごくわずかな温もりを放出していた。アンドルーがお茶を沸かすあいだに、ニックはドアの近くにかかっている飼料業者の壁掛けカレンダーを見上げた。どの日も真っ白だった。

「アイリーンから、おれのバースデーのためにトレナーで日曜のランチを用意してくれると聞いたとき、それが家族会議を開く口実だとすぐにわかった」アンドルーはティーポットに湯を注ぎながら肩越しに言った。「そうなると、おまえもそこに加わるのは当然のことだ。彼女はおまえにここへきてくれと頼むはずだ。ただひとつ、おまえがくるかどうかが疑問だった」

「そうか、このとおりやってきたよ」ニックはテーブルの前に腰をおろした。《ウェスタン・モーニング・ニューズ》が目の前に折り返してひろげてあった。それをたたむと、その下に大きな縮尺のボドミン・ムーアの陸地測量地図が置いてあるのが目に入った。それも折って開いてある。地図のあちこちに誰か――おそらくアンドルー――が、明らかにおおざっぱに真っ赤な×印を記入している。六個あまりの×印がムーアの西のはずれのブリスランドのまわりに密集していて、残りはもっと広い地域に散らばっていた。「何か計画してるの？」

「どういうことなんだ？」シンクから振り返ったアンドルーの声には挑むような響きがあった。

「この×印だよ」ニックはその場の空気をやわらげようとして笑みを浮かべた。「地図に記入されてるマーク」

「ああ、それか」アンドルーは鼻を鳴らすと、カップボードからマグを二個取りだし、地図の横に音を立てて置いた。「まあな。そう言ってもいいだろう。それは一年ぶんの目撃記録だ」

「なんの目撃記録？」

「ビッグ・キャット」

「それを信じてるの？」

「ほんとにそこらにいるんだよ。おまえだって、うちのいちばん後尾にいた雌羊がやられた様子を見たら、疑いっこないさ」

「それはただの……田舎の伝説みたいなもんだと思ってた」アンドルーはたしかに率直な合理主義者だったから、同じように考えているものとニックが予想しても不思議はなかった。

「おれはちゃんとこの目で見たんだ」

「見たのは一匹？」

「一匹だけじゃない。それとも同じやつを二度見たのかもしれん。ごく最近、ここでな」彼はカーウェザーにいちばん近い×印のひとつを指さした。「ある種のヒョウだよ。大きくて、手足がぶらぶらしてて、真っ黒で。おれからは野原をひとつ隔ててた。夕暮れだった。もちろん、あいつらは夜行性だからな。夜の生き物だ」

「夕暮れというのは見分けにくい時刻だよ、視覚的に」

「おまえに信じてもらう必要はないさ、ニック」アンドルーは軽蔑と言ってもいい薄ら笑いを彼に向けた。「そんなことは問題じゃない。最後にはおれが証明してみせる。みんなにな」

「どうやって証明するの？」

「赤外線写真で。おれは暗くなってから、ビデオカメラとナイトスコープを持って出かけていくんだ。遅かれ早かれテープに撮影する」

「でも、まだ撮れないいんだね」

「ああ。まだな」アンドルーはお茶を注いでからテーブルの反対側にすわった。「いずれにしても、おまえはビッグ・キャットの議論をするためにここへきたんじゃない。ところで、儲け話のほうだが。そっちは事情が違う。われわれはそいつの急所を握ってるようだからな」

「タントリスのこと？」

「そのいっさいを承知してるのか？」

「セント・ネオトからまっすぐここへきたんだ。あそこでエルスペス・ハートリーに会った。彼女がくわしく話してくれたよ」

「説得力のある女だ」

「おやじに関するかぎり、明らかにそうはいかないようだね」

「彼は考え方を変えるべきだ」

「おやじはその企画に加わりたいと思うはずなんだがな。それは彼にうってつけの企画だ。埋もれた宝。歴史的な謎。われわれのすべての過去を掘りだすことでキャリアを築いてきた者にとっては、たまらなく魅力的なはずなんだよ」

「そのことをおやじに話すべきだ、ニック。そうすれば恥ずかしいと感じて賛成するかもしれん」

「話すつもりだ」

「おれのことは気にかけるな。誕生日だからと騒がれるのはいやなんだ。それを避ける手ごろな方法は、おまえがほかのことで騒ぎたてることだ」

「このことには賛成なんだろう、アンドルー？　つまり、アイリーンは兄さんも賛成だと言ってたけど……」

「調べて悪いことはないだろう？　もちろん、おれは賛成だよ」彼は椅子にもたれかかって、窓ごしに中庭に目を向けた。「反対するわけがない。この農場は年ごとに収益が減っていく。なんの成果もあがらず、ここを譲る者もいない状況のなかで、苦労しながら続けていくことにどんな意味があるんだね？」

「トムは関心がないの？」アンドルーの息子が農業にまったく熱意を示さないことはニックも知っていたが、それでもいちおうは訊かねばならないと感じた。

「彼が何に関心があるのかおれにはわからん。クリスマスからこっち、彼から便りがないからな。それも、彼の名前が書いてあるだけのカードだ。メッセージはなし」

「彼はまだエディンバラにいるの？」

「ああ、消印によればな。彼の大学でのコースはこの夏で終了してる。おれは学位授与式にも招待されなかった。だが、ケイトは行ったに決まってるさ。それに、あのモーソンの野郎も」彼の元妻と彼女の再婚相手を引き合いにだしたことは、時が経っても敵意がすこしも薄れていないことを示唆していた。しかし、アンドルーはいつまでもそのことを話題にしたくはないようだった。もうあまりにも長くそのことばかり考えてきたのだろう。「いいか、ニック、おれの見るところでは、そう簡単には売らないというふりをしてみせれば、目下タントリスが申し出てる額の、すくなくとも一倍半は手に入る。彼はいくらになろうと支払うさ。こんな取引を断るなんて狂気の沙汰だよ。当然ながら、おれたちの意見は一致している。アンナが便器掃除の仕事を続けたくないと思っているのと同様に、アイリーンも残りの人生をパブの女主人として過ごしたくないと考えてる。たしかにおれには金が必要だし、バジルもそうだ。明らかにおまえだって自分の分け前を断るつもりはないだろう。要するにおやじは、おれたちがどれほどのものを手に入れることになるのかを、きちんと認識すべきだ」

「しかし、彼は何を手に入れることになるんだ？」

「もうおれたちのことを心配しなくてすむとわかれば、ほっとするさ」アンドルーの顔に苦い笑みが浮かんだ。「それで充分だとは思わないか？」

ニックが立ち去る間際に、翌日、トレナーで顔を合わせたとき、ニックがアンドルーを訪ねたことは黙っていようと二人は合意した。事実、本当にカーウェザーへ行かなければよかったとニックは感じていた。ケイトが、トムが、希望が存在しない空虚さが、アンドルー自身の存在以上に強くあそこを支配していた。農業は少年時代からずっと、彼が天職だと考えていたものだった。彼がやりたいのはそれだけで、ほかには何もなかった。だが、いまや彼の天職は枯渇《こかつ》してしまった。タントリスの申し出が彼にその痛ましい事実を認めさせたのだろう。それなら、申し出を拒絶した場合にはそのあとどうなることか、考えるに忍びなかった。

ニックはボドミン・ムーアを東へ横切ってA30へ出てから、カリントンを通って南へ向かい、ソールタッシュを目指した。そこを通りたい誘惑に駆られるだろう迂回路《うかいろ》があるにもかかわらず、というより、おそらくあるがゆえに、その道筋を選んだのだ。案の定、彼は誘惑に勝てなかった。

ペインターの交差点で、高い生垣と大昔からの境界地である野原のあいだの、よく憶えている小道にそれた。その野原は、河口に向かって広がりながら長くゆるやかに蛇行しているテイマー川のほうへ下っていく、傾斜地になっていた。それらの静かな牧草地を横切れば、もうあまり遠くはないところで、彼の父が生きて、呼吸をして、のんびりと余生を過ごしていた。しかし、ニックは父に会いにいくつもりはなかった。たとえ運に恵まれているときだろうと、とにかく、会う気はなかった。彼は自分のうちへ――それがトレナーの実体だとして――行こうとしているのではなかった。自分のルーツを訪ねようとしているだけだった。

住居地としてのランダルフはほとんど存在しなかった。教会区民は一キロ半ほど離れたカーグリーンに集中していた。主要道路からそれてニックがたどってきた小道のはるか南のはずれには、ランダルフ教会の近くに数軒のコテージがあり、二つの農場が見えている。そら、ここだ。トレナーはここから八百メートルほど西にあるが、地面のひだのなかに隠れている。教会からの小道をたどり、古い司祭館の敷地と、十九世紀はじめに牧草地に変えられ、堤防によって川の氾濫《はんらん》から護《まも》られている湿地帯のあいだをくねくねと下りていけば、テイマー川との境界地である平な砂州にたどり着く。

長い子ども時代の探検だけが授けてくれる正確さで、ニックはこの地域を熟知していた。すべての野原を、すべての農場を、カーグリーンや、さらにその先まで伸びている川沿いの道のすべての行程を。ウォーリーの森や、テイヴィ川にかかる鉄橋の優美な曲線を眺めるために、小道をおりていって堤防に立つ必要はなかった。彼は心の目ではっきりとそれらを見ることができた。

教会はセント・ネオトの教会と同時代に建てられたが、こちらはもっと平凡で地味な建物だった。ステンドグラスで有名なわけではなかったし、ベンチの両端にほどこされているみごとな彫刻と、シオドア・パレオロゴスの記念銘板にたいする歴史的興味以外には、見るべきものはほとんどなかった。ニックの予想どおり教会のドアには錠がおろしてあったから、記念銘板を見ることはできなかった。けれども、そこに記された言葉は忘れることなく彼の心に刻まれていた。〝ギリシャの最後のクリスチャン皇帝の末裔である、イタリアのペーザロのシオドア・パレオロゴス、ここに眠る〟その上には、西と東のキリスト教世界の達成不可能な結合を象徴する、双頭のビザンティンのワシが真鍮《しんちゅう》に彫ってあった。

しかしながら、双頭のワシはランダルフ教会で真鍮にだけ彫られているのではなかった。ニックは教会墓地を二十世紀の墓所のほうへと歩いていき、祖父母の墓へまわった。〝ゴドフリー・アーサー・パレオロゴス、一九六八年三月四日死去、享年八十一歳。ならびに、彼の愛する妻ヒルダ、一九七九年九月二十六日死去、享年八十七歳。二人は惜しまれつつ世を去り、ここにふたたび結ばれた〟そこにも墓碑銘の上の石にビザンティンの双頭のワシが彫ってあった。

ニックの母は彼女自身の希望で火葬に付された。父は埋葬のほうを好むだろうか、もう一人のパレオロゴスが、ついにはこの静かなイチイの木に囲まれた墓地に眠ることになるのだろうとニックは考えた。けれども、それで最後になるだろう。タントリスの金を受けとろうが受けとるまいが、彼と彼のきょうだいはここから去ってしまった。それほど遠くではないかもしれないが、でもかなり遠くへ。ワシはここにとどまっているが、彼らはここから抜けだしてしまった。

3

エルスペス・ハートリーがタントリスの計画にたいしニックの支持をとりつけることができたのを、当然ながらアイリーンは喜んだ。彼女にとってそれは、父親がどうにも抵抗できない連携《れんけい》を固めるものだった。それに、おやじは自らの学者としての高潔さをすすんで犠牲にするのでないかぎり、結局はそれに賛成せざるを得ないだろうというニックの見解を、彼女は熱烈に歓迎した。その高潔さこそ彼が何よりも重んじるものだと、二人の考えが一致した。その観点からすれば、それは彼らが負けるはずのない論法だった。

とはいえ、彼らが翌日、トレナーで実際にその論法で勝てるかどうかはべつの問題だった。それは彼らがいかに巧妙に話を持ちだすかにかかっていた。父親が独りでは暮らしていけなくなったことを強く言い立てるのは、まずい戦術だとニックには思われた。だがそれは、アイリーンの採用した戦術であり、それを手放すのは彼女の気に染まなかった。彼女はつねづね自分の近親者たちに、彼らにとって何がいいかを助言するのが好きだった、彼らが耳をかたむけないだろうと承知しているときでさえ。今回もその発火点を抜きにしては、ことがすすまないだろうとニックにははっきりわかった。

アンナとバジルといっしょに夕食をとるために出発したニックは、二人はこの件をどんなふうに見ているのだろうと考えた。アイリーンが話したこと、つまり、二人とも彼女を完全に支持しているという話は承知していたものの、やはり彼ら自身の口からそれを聞けば、いっそう信用できるはずだった。

橋をわたってプリマスに入ったころには雨が降りだしていた。しぶきでぼやけたテールランプの列を後ろにしたがえ街の中心部にすすんでいった。アンナのフラットのすこし手前のシタデル・ロードに車をとめ、サウンド（デンマーク領の島とスウェーデン南部の間の海峡）から吹きこんでくる暗い風と冷たい雨を楽しみながら、ホーのほうへと歩いていった。ほぼ半時間早くここに到着したが、それがこのまわり道のコースをたどるのに必要な平均所要時間だった。それは彼を苛立たせる性癖だったが、どうしても振り払うことはできなかった。ドレークとバービカン埠頭のほうに向かって東に折れると、はげしい風雨が彼を吹きぬけて、前方の旗ざおにハリヤード（旗を上げ下げする動索）をばたばた打ちつけた。

ホーには、ほかにもうひとつ人影があったが、それは彼には予想外のことだった。フードのついたアノラックを着た、背中をまるめた姿が、遊歩道の向こう端からこちらに向かって進んでくる。さらに近づいてきたとき、すこし特徴のある姿勢と体の動きがふいに見慣れたものに感じられた。それとも、それが誰かを彼に告げたのは純粋な直感だったのかもしれない。

「バジルかい？」

「ニック？」バジルだった。彼の細い骨ばった顔がフードの縁の下から、すかし見るようにニックに向けられている。「ほかにも一人だけ、こんな天候のなかでホーを散歩する物好きがいると思ったら、なるほどおまえか」

「ちょっぴり早く着いたんだよ」

「おれのよりたいしてうまい言い訳でもないな」

「そっちはどんな言い訳？」

「客のために料理するとなると、アンナは神経を尖らすんだ。神経を尖らしてるアンナは短気なアンナってわけでね」

「ぼくは客じゃないよ。でも、アンナはいつからそんなふうに神経を尖らすようになったの？」

「おれがあそこへ越していってからだ。おれは聖人でさえいらいらさせると彼女は言ってる。それは明らかに本当のことだよ、おれがいつもそう応じているように。おれは何人かの人たちを苛立たせてきて、彼らの忍耐が無尽《むじん》ではなかったことを承知してるんだから」

「そろそろ彼女の様子を見にいこうか？」

「おまえがくる時間まで、まだ二十分もある。それまで待つべきだと思うな」

「そのときにはずぶ濡れになってるよ」

「たしかに。だがな、おれはここで待つつもりじゃなかったんだ」


いちばん近くにあるパブが、バジルの推薦する時間つぶしの場所だった。その〈ヤードド・アーム〉は、ホーのはずれにそびえる〈モート・ハウス・ホテル〉の陰になかば埋もれるように建っていた。バジルはトニック・ウォーターを注文した。ソールタッシュまで車で戻ることを考えて、ニックも同じものにした。バーには半分ほど人が入っていて、土曜の夜に向けてゆっくり盛り上がろうとしていた。彼らはドアのすぐ内側にテーブルを見つけた。

腰をおろしたときにはじめて、今ではフードを脱いでいる兄をニックはしげしげと眺めた。アンナが食事としてどんなものを食卓に供しているにせよ、彼はたしかに徒食によって太ってはいなかった。アンドルーと同じように、年を取ってやつれてはいたが、アンドルーと違って、彼の顔には陰鬱な翳《かげ》はなかった。むしろ奇妙なほどいきいきと赤らんでいる。頭を剃っていて、そのために目が不釣り合いなほど大きく見える。彼はいつもちょっと射すくめるような目つきで人を見たから、知らない人は不安をおぼえるかもしれないとニックは思った。

それは彼にまったくそぐわない印象ではなかった。というのも、彼はおおまかに言って、平穏無事《へいおんぶじ》とはいえない人生を送ってきたから。自分たちのギリシャのルーツに、ほかのきょうだいたちよりも心を奪われていた彼は、カレッジには入らず自宅で生活しながら、オクスフォードで古典の学位を取得することを目指して勉学にとりかかったものの、そのコースをやり終えることができなかった。勉学を始めて二年目の夏にギリシャを訪れたさい、彼はコリントスの近くの正教会の修道院に頼みこんで見習い修道士にしてもらった。修行は二十年以上にもおよんだが、そのあと突然、明らかに修道士としての天職を失い、髭を剃り落とし修道服もまとわぬ姿で、彼は親族たちの人生にふたたびあらわれた。しばらくトレナーで暮らしてからシシリー島へ行くと言って姿を消し、そのあと、また戻ってきてアンナに引き取られた。

「おれはよくここへくるんだよ」ニックがトニック・ウォーターをひと口飲んで、ほんとはジンといっしょのほうがずっとよかったと思ったとき、バジルがそう言った。「そして、ほかの客たちを眺めるんだ——若者たちのグループ、ボーイフレンドとガールフレンドのカップル、おれのような独りぼっちの客。世の中がわかってきたような気がするよ。だが、そこに加わるとなると、そう、あまりにも長くそこから離れてしまったために、もう遅すぎるとの結論をくださざるを得ない」

「ギリシャが恋しいと思うの？」

「もちろんだ。とくにあの陽光が。だが、去らねばならなかったんだよ、ニック。あそこでは、おれは自分を騙《だま》していた。それにほかの人たちを。ここでは、おれはごくつまらない価値のない人間だ。けれども、そのごくつまらない人間がおれなんだ」

「おやじにはよく会うの？」

「付《つ》き添《そ》いがいるときだけ。おやじにとっておれは期待はずれだ。それではいたって控えめな表現だろうがね」

「ぼくたちの誰にもおやじはあまり感心してないと思うよ」

「おれたちのこれまでの実績といったら、お粗末《そまつ》なもんだからな、たしかに。だがおれのときたら、あまりにもお粗末で崩壊してしまった。だから、おやじは絶対にタントリスの申し出を承知すべきだという理由を、明日みんなで説明するときも、おれは後ろの席に引っこんでるよ」

「おやじはそうすべきだと、兄さんは考えてないようだな」

「いや、承知すべきだという筋の通った論理に異を唱えるつもりはないよ。それは議論の余地のないものだ。けれども、おやじに議論する気があるかどうか怪しいもんだ」

「ぼくもそう思うよ」

「問題は〝なぜなのか？〟ということだ。その〝最後の審判の窓〟が本当にトレナーに隠されているのなら、高名な考古学者であるわれわれの父親は、それを捜したくてうずうずするはずだ。ところが、そうじゃない」

「ぼくたちは彼に圧力をかけようとしてると考えるだろうな」

「もちろん、おれたちはそうしようとしてるさ」

「最高の理由からだよ」

「ほんとに？」バジルは疑うように片眉をぐいと上げた。「許してほしいんだがね、ニック、最優先されてる理由は欲じゃないかな？　アンドルーとアイリーンとアンナは金が欲しい。おまえもそうだろう。じつに単純な理由だよ」

「兄さんは自分をリストからはずしてるようだね」

「ああ、そうだ、おれはいらない。富というのは――たいした額が差しだされるわけでもないようだが、それでも――おれには似合わない。分け前はもらわないことに決めてる。みんなでそれを分ければいい」

「本気じゃないだろう？」

「おれがそう決めてるとアンナに話したとき、彼女もおれが本気かどうか疑った。おまえも疑ってるようだ。心配するな。おれは大真面目だよ。実際、利益と……無関係でいるのは、じつに気が楽だし、じつに気分のいいもんだ。このことで、みんなより高潔ぶるつもりじゃないかと気をまわさないでくれ。みんなで利益をじょうずに使えばいいんだ。おやじのほうは、ゴートン・ロッジで最高の扱いを受けられるだろうしな。そうしたやり方が気に入らないわけじゃないんだ」

「とにかく、そこから利益を得たくないんだね？」

「そうじゃない。じつはね、それはもっと……そうだな、哀れむべき理由なんだよ」

「なんだって？」

「何も持たないことは、おれが完全に身につけた、ただひとつの生きるこつだ」バジルはにやっと笑みを浮かべた。「それを手放さないほうがいいと思うんだよ」


ニックとバジルが入っていったとき、アンナの地下のフラットにはチーズとガーリックのにおいがあふれていた。台所から出てきたアンナは、つけているビニールの〝わんぱくデニス〟のエプロンにも負けないぴかぴかの笑顔で、通りで出会ったという彼らの説明には何も言わずに二人を迎え、ニックを抱きしめてキスをすると、すぐに急いでストーヴのところへ引き返しながら、ワインをあけるようにと彼らに指示した。

アンナはきょうだいのなかで、いつもいちばん騒がしかったし、いちばん感情をはっきり表にあらわした。そのうえ彼女は今では疑いもなく、いちばん体が大きかった。その肉付きのいい曲線美の容姿は豊満の域をゆうに超えている。彼女とがりがりに痩せたバジルは奇妙な組み合わせだった。だが同時に、アンナは家族のなかでいちばん寛大な性格だった。そのことが、人をどぎまぎさせる眼差《まなざ》しの持ち主である、職のない、どこでも雇ってもらえそうもない落ちこぼれの修道士を、彼女がすすんで引き受けた理由を説明していた。

兄といっしょに自宅を使うことで、アンナは彼に領地を明け渡す必要はなかったようだ。居間兼食堂には彼の住んでいる形跡はなく、壁にかかったラグや千鳥模様のアームチェアなども、実際にアンナのいきいきした趣味で統一されていた。デヴォンポート造船所での原子力潜水艦の修理に反対する、彼女お得意のキャンペーンのためのちらしや回報が、食器やグラスやワインの瓶に場所を譲るために片づけられたかのように、テーブルの横に積みかさねてあった。

マントルピースの上に立てかけてあるシドニーのオペラハウスの絵葉書の横に、コルク抜きがのっているのをニックは見つけた。彼は絵葉書を裏返してメッセージを読んだ。〝ハイ、アンナ。ここはあなたのカレー料理よりホットだよ。でも、ぼくはクール（元気）さ。ちゃんとやってるからね。すぐにEメールを送るよ。じゃあね、Z〟ニックにはわかったけれど、知らない人にはZでは推測できそうもなかったが、Zというのはアンナの十八歳の息子のザックだった。彼は目下、進学までのあいまの一年を世界旅行をしながら過ごしていて、今はアンナが彼を産んだときとちょうど同じ年齢になっていた。ニックの甥や姪はたしかにあちこちに広く散らばっている。ザックはヒッチハイクしながらオーストラリアをまわっているし、トムはどんなことをやっているにせよ、エディンバラで暮らしている。そしてローラは、ハロゲットにある良家の子女のための学校で、ラクロス（十人ずつの二つのチームでおこなうホッケーに似た球技）の競技や、膝をすり合わせて歩く歩き方を教わっている。

「おじさん宛てのメッセージはないんだよ、ね」ニックの肩ごしに覗きながらバジルが言った。

「そんなもの期待してなかったよ」

「おれ宛てのってことだ。おれはここで暮らしてるんだぞ」

「ザックはそのことを喜んでるはずだよ。母親の面倒をみてくれる人がここにいるとわかってるのは、あの子にとって安心できることに違いないからね」

「ワインをあけろよ」バジルがふざけて、いらついた口ぶりでせかした。「明らかにおまえには一杯必要だ」

　さきほどのバジルの意見は的を射ていた。欲がきょうだいたちを動かしているという兄の状況分析を、ニックはすんなり受け入れられなかったものの、かといって反駁《はんばく》することもできなかった。彼は貪欲《どんよく》だとは感じなかった。自分はけっして貪欲ではないと考えていた。それでも、タントリスの申し出に結びついているポンドの提示額を頭から消すことはできなかった。それは効果をもたらした、タントリスの大金を投資してきたこれまでの経験のなかで、それがかならず効果をもたらしたように。そのおかげで彼らはあの男を無視できないのだ。

アンナがたっぷりと盛り分けてくれたムサカをせっせと食べているあいだは、トレナーの売却や父親の将来について話し合われることはなかった。バジルが食器洗い機に汚れた食器をつめこむために台所へ追いやられ、二本目のワインの瓶があけられたときになって、ようやくアンナは自分の立場をはっきりさせる時がきたと決心した。

「夕方、あなたが出かけたあとでアイリーンが電話をかけてきて、今回のことについて、あなたもわたしたちと同じように考えてると言ってたわ、ニック。そのことで言い争いをせずにすんでよかった」

「おやじをべつにしてね」

「父さんだって結局は道理がわかるわよ。わかるはずだわ。もうあまり長くは独りであそこで暮らせないんだから。ほんとにむりなのよ。プルーが二、三週間前に掃除をしにいったとき、父さんが応接間の床に倒れてるのを見つけたの。転んで、起き上がれなかったのよ。彼女が見つけなかったら、どうなってたかしら？　父さんは飲みすぎるのよね。母さんが亡くなってから、だんだんひどくなってる。父さんを責めはしないけど、でもね、これはわたしたちが遅かれ早かれ直面せざるを得ない問題を、なんとかする絶好のチャンスなのよ」

「彼の専門家としての意識に訴えるべきだと思うよ。エルスペスの計画の歴史的重要性を強調するんだ」

「エルスペスがすでにそうしたでしょ？」

「おやじはもう自分の面倒はみられないとアイリーンが強く言ったら」ニックは急いで続けた、「彼は頑《がん》として譲らなくなるだけだ」

「オーケー。できるだけ彼女を抑えるわ」

「バジルは自分の分け前はいらないと言ってる」

「あれはね、〝あなたに清貧、貞潔、従順の誓願を立てます〟という彼の修道誓願なの。彼はなんとかその最初の二つをちゃんと守ってるわ。でもいずれにしても、彼はあくまで超然としてるわけにはいかないのよ。わたしがまとめて受け取って小さな家を買ったら、彼もわたしといっしょにそこへ引っ越すわ。彼は利益は手に入れないにしても、恩恵《おんけい》は受けるのよ」

「ここに二人で住むのは窮屈だ、わかるよ」

「ザックがまだうちにいたときは、もっとずっとひどかったわ。彼がここで寝るのはせいぜい週に二日か三日だったけど」

「バジルを引き受けるとはりっぱだったよ」

「実際、そうするしかなかったの。彼はわたしの兄さんですもの」

「それに、世の中のもっと大きい謎についての相談相手だよ」バジルがそう言いながら台所からゆっくり入ってきた。「そのことに関しては、おれたちに恩恵をほどこす可能性のある人物が申し分のない実例だ」

ニックは彼を見上げた。「どういうことなんだい？」

「いいか、タントリスというのは正確には何者なんだ？」

「古いステンドグラスに目のない金持ちの男よ」アンナが答えた。

「彼の人物や経歴の総合調査として、それで満足できるのか？」

「満足する必要なんかないわ」アンナが含み笑いをした。「とにかく友人のタントリスに関してはね」

「おれたちは彼についてまったく知らないんだよ」

「彼は実際の値打ち以上の価格でトレナーを買いたがってるのよ、バジル。それ以上、何を知る必要があるの？」

「彼には興味もないのか？」

「彼のお金をどうするか考えることには興味があるわ」

「実際はそれはおやじの金だよ」

「兄さんがどうして修道院から追いだされたのかわかるわよ。ほんとにいちいちうるさいんだから」

「追いだされたわけじゃない。自分から出てきたんだ」

「わたしには、解雇されるまえに自分から辞めたように思えるけど」

「ここではいつもこんなにひどいのかい？」ニックが割って入った。

「いつもはもっとひどいよ」バジルが取りつくろった晴れやかな笑みを浮かべて答えた。「おまえのために、これでもアンナはつとめて行儀《ぎょうぎ》よくしてるんだ」

「黙りなさいよ」アンナはばしっと言ったものの、まだ機嫌のいい声だった。しかし、いつまでもそうはいかないだろうとニックにははっきりわかった。

「二つ簡単な質問をしてもいいかな？」

「だめ」

「でも――」

「だめ」

「そいつは残念なことだ」

「というより、ありがたいことよ」

「ただ……」

アンナが大きなため息をついた。「なんなの?」

「じつのところ、それはかなり核心に触れる質問だった」バジルは二人を順繰《じゅんぐ》りに見た。「だが、もっと先に延ばしてもいいだろう」

そして、それは先に延ばされた。そのほうがよかったと、その夜、ソールタッシュへ車で戻りながら、ニックは考えた。なぜなら、その質問の答えによっては、翌日のトレナーでの家族集会の見通しが、彼らみんなが信じたがっているより嬉しくないものに――かつ、簡単にはいかないものに――思われたかもしれなかったから。前方にあるのは明快で理に叶った、たがいに利益にあずかれる道だった。しかもそれは金銭以上のものに関わっていた。それを進める過程で小さな歴史の一片があらわれるだろう。〝最後の審判の窓〟は、父親をトレナーから追いだして金を奪うための単なる口実ではなかった。それは考えれば考えるほど輝きを増す貴重なチャンスだった。あとは、わかりきったことを一人の老人に納得させるだけだった。

4

ゴドフリー・パレオロゴスはトレナーをどちらの側にも建て増しして広げていたから、その建物は奥行きより幅のほうがいちじるしく広く、いくつかの部屋には前と後ろの両側に窓があった。水性白色塗料を塗ってあるために石造建築が隠れていて、もともとのサイズの手がかりになるのは、中央部分のより簡単な開き窓と、表のドアの上の古びた花崗岩の張り出し玄関だけだった。家の裏にある納屋ももともとあったもので、屋根を葺《ふ》きなおしてあるにもかかわらず、いかにもそれらしく見えた。納屋とともに以前は農家の庭だったところに建っているのが、大きな、さえないガレージだった。表にはフラワー・ガーデンがあり、その中央を走っている邸内通路が、外の小道に面した通用門から玄関ドアへまっすぐ通じている。この外の小道はトレナーを通り過ぎてしまうと、一本の通行路に呑みこまれるが、上の丘をつたい畑をいくつか横切って南の入り江に流れこんでいる小川が近くにあるために、通行路と言っても、それは泥道だった。

小道をたどって家に到着するまえに、ゴドフリーじいさんが雑草におおわれた放牧地を作り変えた、コーンウォールふう生垣に囲まれた長い芝生地の横を通り過ぎる。

車で近づいていくと、この芝生地が、小道のカーヴを西に曲がるとすぐ、最初に目に入るトレナーの敷地の一角だった。広い緑のカーペットさながら、それが家の建物のほうへと導いていく。

日曜日の朝遅く、ニックがアイリーンの運転する車に乗って小道のカーヴを曲がり、芝生地を、さらにその前方の家を目にしたとたん、長年にわたる記憶がその一瞬に凝縮された。彼の子ども時代のすべての思い出が——イースターが、夏が、クリスマスが——いっせいに脳裏によみがえった。幼かったころには、母親がアイリーンとアンナと彼をミニに乗せ、父親のほうはアンドルーとバジルをローヴァーに乗せた。そのあと十一歳ぐらいになると、ニックは男の子の車へ昇格した。そのことがどんなに誇らしかったかを思いだして、思わず微笑がこみ上げ、すりきれた革のシートのにおいや父のパイプの煙が今もはっきり嗅ぎとれるような気がした。

「あなたの機嫌がいいんで安心したわ」アイリーンが彼のほうにちらっと目をやって言った。「それが長続きするように願いましょう」

午前中ずっと、アイリーンの不安げな様子は傍目《はため》にもはっきりわかった。彼女はそれを、彼女のバーを手伝っているモイラとロビーが、〈オールド・フェリー・イン〉の日曜のランチタイムの商売を、二人だけでちゃんとやれるかどうか心配なのだと、そのせいにした。ニックはそのことで彼女を安心させる努力はしなかった。彼女の精神状態はモイラやロビーとはなんの関係もないとわかっていたから。そして、自分がそれに気づいていることは彼女も承知しているはずだと思った。「今度のことについて、母さんならどう言うと思う？」アイリーンが中庭へ入っていくためにスピードをゆるめたとき、彼はそう問いかけた。

「母さんなら、もっと小さくて管理しやすいところへ引っ越す絶好のチャンスだと考えたでしょうよ」

そうだな、とニックは口にはださずに同意した、母さんならそうだろう、おやじほど感傷的でもなかったし。それに、おやじをうまく操縦して自分に同意するよう仕向けるすべを知っていただろう。彼女の子どもたちにもそれをやってのける能力があることを証明できるかどうかは、まだわからなかった。

「よかった。ほかの人たちはもう揃ってるわ」

ニックはその日のびっくりプレゼントということになっていたから、最後に到着すべきだと意見がまとまっていた。アンドルーのランドローヴァーとアンナのマイクラが納屋の陰に並んでとまっている。アイリーンはその後ろに車を寄せてとめた。

「さあ、いよいよね」彼女は車の遮光板《しゃこうばん》を下《さ》げて、ミラーを流し目で見ながら、髪をととのえ化粧をチェックした。「攻撃開始よ」

「われわれは戦いを始めるわけじゃないよ、アイリーン」

「考えてるばかりじゃ、最初の死傷者になりかねないわよ」

「死傷者をだす必要なんかないだろう」

「オーケー」アイリーンは深呼吸した。「冷静に現実的になるわ。そして外交術のお手本になる。それでいい?」

「その状態を保てればね」

「わたしが保てないと思うの?」

「そんなこと言ってないよ。ただ――」

「さあさあ」彼女は途中で遮り、ドアを開けて車から出るために向きを変えた。「急ぎましょう」


自宅で子どもたちに囲まれているマイケル・パレオロゴス、それはめったにない光景であるとともに、見かけだけの欺瞞《ぎまん》的なものだった。彼はどう見ても、すごく子煩悩で甘い父親といった様子で、取り囲んでいる子どもたちににこにこしながら冗談を言っていた。アイリーンといっしょにニックが入っていくと、彼は驚くと同時に喜んだようで、みんなが集まっているのを見るのは、なんとも嬉しいものだと強調した。

ただし、わかってるぞと言わんばかりの引きつれた微笑とともに、彼が「このトレーナーにな」とつけ加えたことが、子どもたちが議論するためにやってきたことを暗に皮肉っていた。

アイリーンとアンナは父親が弱ってきたことをおおげさに伝えたようだ、というのがニックの第一印象だった。たしかに以前より痩せて背中がまるくなっているが、通常の年老いていく過程で当然と見なされる程度のものでしかなかった。なんといっても、彼はソンム（フランスの地名。第一次大戦、ならびに第二次大戦の激戦地）の戦いがおこなわれた夏に生まれた男なのだ。世界の出来事のなかで彼が最初に憶えていることといったら、まことにふさわしいことに、一九二二年のハワード・カーターによるツタンカーメン王の墳墓《ふんぼ》の発見なのだ。彼はいまだに六十年前と同じような身なりだった——だぶだぶのツイード、コーデュロイ、ポケットがパイプとマッチと煙草入れの重みでだらりと垂れ下がっているカーディガン。喫煙が、長年にわたるさまざまな考古学の探検の影響とあいまって——彼は北アフリカのワジ（雨期以外は水のない谷）や西アジアの平原へたびたび出かけていった——彼の顔に干上がった川床のようなひび割れをつくっている。髪は——頭髪はまだふさふさしている——黄ばんだ灰色で、青緑色の瞳は眼鏡のレンズで拡大されて大きく見える。そのレンズに指紋や脂汚れがべっとりついているのがニックの目にとまった。

父親がある距離を——応接間から食堂までといった距離を——歩いたときにはじめて、足元のおぼつかなさや息切れが表にあらわれた。彼は途中で椅子の背やドアの枠につかまったが、そうしたときには自分の衰えに戸惑っているように見えた。そうなると、トレナーはにわかに彼が安全に余生をまっとうできる場所とは思えなくなった。だらだら伸びている設計や充分ではない暖房設備だけでも不適切なのに、隅がめくれあがった敷物や、すりきれた階段カーペットのことも考えねばならなかった。セラーに通じる足を踏みはずしそうな急な階段は言うにおよばず。ニックがどこへ視線を向けても荒廃が目についた。たわんだ家具やほつれたカーテン。ローマ時代のコインやローマ時代以前の頭蓋骨の破片を飾ってある、埃のつもったガラスケース。色褪《あ》せた写真や東洋の壺。ためこまれた家族の過去のすべての残骸《ざんがい》。まさに周囲を取り囲んでいるものすべてが、変化が必要であることを告げていた。

しかしながら、しばらくのあいだは、変化が必要であることには触れないでいることになっていた。なにしろ、彼らはアンドルーの五十歳の誕生日を祝うために集まったのだから。プルーがケーキを焼いて食堂のテーブルにのせてあったし、野菜も用意してあり、オーヴンには肉の塊が入れてあった。あとは家族が食べたり飲んだり、できるだけ楽しく騒ぐだけだった。当の誕生日の男はパーティを華やかに盛り上げるという点ではほとんど役に立っていなかった。そのことになると、バジルもそうだった。けれども、姉妹二人は対照的なパーティ向けの衣装を着こんでいた——アイリーンは普段よりさらにエレガントなスカートとブラウスをまとい、アンナのほうはぎょっとするほどぴちぴちの白のズボンに、オレンジがかった赤のオフショルダーのセーターを着ていたが、いつもどちらかのブラジャーの紐が見えていた。

ランチが始まるまえと食事中は、陽気な宴会気分がみなぎっていた、すぐにこわれそうな宴会気分だったとはいえ。アンドルーはニックがあらわれたのを見て適当に驚いた様子を装い、もらったプレゼントに喜んでみせ、彼の人生半ばの通過点を祝うためになされたさまざまな努力に曖昧《あいまい》に感謝をあらわした。アンナはあまりにも喋りすぎだったし、笑いすぎだったが、バジルはその逆だった。アイリーンはかなり巧みに危険をよけながら会話の舵をとった。ニックは油断なく父親を観察していたが、その父親はさらに油断なく子どもたち全員を観察しているように見えた。

しかしマイケル・パレオロゴスはそれとともに、着実と過度のあいだぐらいのペースで酒を飲んでいた。誕生日のシャンパンのまえにはウィスキーを飲んでいたし、ランチのときにもワインを控えようとはしなかった。さらに食事が終わりに近づいたときには、ポートワインを取りだした。そのころには彼の油断なさも影をひそめ、寡黙だった口がゆるみはじめていた。

「ランチのまえにはアンドルーに乾杯したな」彼は言った。「今度はべつの人に乾杯したい。おまえたちの母さんはわしにとっていい妻だった。わしは彼女を心から愛していたから、彼女がいなくなって本当に寂しい」

「わたしたちだってそうよ、父さん」アンナが言った。

「わかってるよ、おまえ、わかってるとも。わしは彼女の思い出に乾杯したい。彼女はこんなふうに……みんなが集まったのを喜んでいるだろう。家族が今もときどき、こうして集まるのを喜んでるよ、このトレナーにな」最後の言葉が記録されたなら、それは強調の意味で間違いなくイタリック体で記されただろう。ニックはそう感じた。「母さんのために」

グラスがカチッと合わされ、ポートワインが飲まれた。そこでアイリーンは、子ども時代から耳にたこができるほど聞かされてきた話を如才《じよさい》なく持ちだした。ある週末、父親がぞっとしたことには、アンドルーは彼女をモーターバイクに乗せて、神経がぴりぴりするような疾走に連れだした。「けしからん。おまえは何を考えてるんだ？」父親は興奮のあまり、せきこんで唾を飛ばしたと伝えられている。母親は自分が許可を与えたと偽りの主張をして、なんとかその場を切り抜けた。だが言うまでもなく、あとで二人を厳しく叱った。それは巧妙なタイミングで持ちだされた、お馴染みの家族物語だった。けれども、あれはオクスフォードでの出来事だったとニックは考えた。アイリーンは慎重に話を選んだのだ、母親が細かい心遣いで家族を管理していたことや、アンドルーの愛すべき無責任さを実際に強調するために。それとともに、彼らのオクスフォードのべつの家をみんなに思いださせるために。去るべき時機がきたとき、彼らはためらうことなく、すすんでその家を見捨てたのだ。

その瞬間は去っていった、完全な緊張のうちにというほどでもなかったが。アイリーンは、お茶を飲みながら〝最後の審判の窓〟の問題を持ちだすつもりだとニックに予告していた。彼女によれば、そのときにはみんなの、とくに父親の気持ちが和《なご》んでいるだろうから、というのだ。けれども、午後のうたた寝のあとは、おやじは気難しくなり、いらいらしている可能性があった。そんなに長く待つべきかどうかニックにはわからなかった。かといって、自分が率先して問題を提起したくはなかった。このあとの二、三時間は不安で落ち着かない時間になりそうだった。

ランチは終わった。父親は暖炉のかたわらで居眠りをするために応接間に引き上げた。アイリーンとアンナはバジルに手伝わせて台所へ向かった。ニックはアンドルーといっしょに小道を散歩することにした。天候はどんより曇って冷え冷えしていた。一月の午後の淡い光がはだかの木々を浮かび上がらせ、湿った微風が断続的に東から吹いてきて、川の泥のにおいや、カモメの気まぐれな鳴き声を運んでくる。

「おまえがやってくるまえ」アンドルーが言った。「孫は姿を見せそうかと、おやじはおれに訊いたよ。おれの誕生日ってわけだからな」

「彼に会えたら、みんな喜んだだろうね」

「ああ。たしかに。とりわけおれは。だが、そんな幸運があるわけない。おやじは多くは言わなかったが、トムが顔をださないのはおれのせいだと非難したんだ。おれにはわかった。彼の目にある何かでな。あれはいつもおやじの目にあるんだ……おれを見るとき。軽蔑。それがあれの正体だよ」

「よせよ、アンドルー。そんなことはない」

「そうかね？」

「彼の孫は誰もここにきてないよ」

「ああ。だがローラは女の子だし、ザックは非嫡出子だ。物事にたいするおやじの考え方からすれば、彼らは数に入っていない。しかしトムは違う。彼の長男のひとり息子だ。おやじは彼をたいまつを持って先頭に立つ男だと見ている。とはいっても、彼に会うこともないんだが。おれと同様に。違ってるだろうがな、もし、おまえかバジルが……」アンドルーは肩をすくめた。「わかるだろう」

「結婚して子どもがいたら？」

「そうだ。それも息子がな。名前を継いでいくための」

「トムがちゃんとそうしてくれると思うよ」

「だが、おれにそれがわかるかね？」

「そりゃそうだが。要するに彼は……成長過程なんだよ。ぼくだって彼の年齢のころには、かならずしも模範的な市民じゃなかった」

「たしかにな」アンドルーはわかってるよといった眼差しを彼に投げた。

「おやじだって同じだったんじゃないかと思うよ」ニックは冷静に続けた。

「たぶんな。しかし、おやじが自分からくわしく話すことはなさそうだ。それに、おれたちが心配しなきゃならんのは彼の過去じゃないだろう？　彼の未来だ。それとおれたちの未来」アンドルーは家のほうを振り返った。「おれはこのことをうまくやってのけねばならんのだ。どうしても」


マイケル・パレオロゴスの書斎は、家のほうから芝生地を見渡せる位置にあった。そこには正面へまわらなくても、部屋からじかに草地に出られるドアもあった。ニックとアンドルーが芝生地の側面の生垣を通り過ぎてぶらぶら戻ってきたとき、ニックは目の片隅の外側で何かが動く気配をとらえたが、それは書斎のドアが開けられるか閉められるかの動きだったと思われた。そのことは二重の驚きだった。というのは、ニックは父親がまだ眠っていると思っていたばかりでなく、その出口が冬に使われることはなかったからだ。冬場には書物が積み上げられドアをふさいでしまっているだろう。

誰かが書斎にいる気配はなかったし、背中のまるくなった人影が窓から見守ってもいなかった。父親がそこにいるのなら、明かりをつける必要があるはずだ。アングルポイズのデスクランプの光を浴びて浮かび上がっている、父のデスクにすわったシルエットは、庭のこちら側からの見慣れた光景だった。だが彼はデスクにすわって考古学の雑誌に目を凝らしてはいなかった。ニックにわかるかぎり、おやじはそこにはいなかった。

彼らが玄関ドアから入っていったとき、ちょうど台所から出てきたバジルと顔を合わせた。

「ああ、戻ってきたね」彼は歌うように言った。「おやじを起こしてこいと言われたんだ。おやじはコーヒーがいるだろうと、アイリーンは思ってるようでね」

「おれたちもだ」アンドルーが言った。「ついでに言うと、おれは紅茶のほうがいい」

「ぼくはコーヒーだ」とニック。

「そう報告してくるよ」バジルはにやっと笑うと、なにやらいそいそと台所へ引き返した。

二人はそのまま応接間へ入っていった。マイケルは暖炉のかたわらの置き去りにされた場所にすわっていたが、眠ってはいなかったし、彼の胸が波打っているのがニックの目にとまった。息切れしている人が、その事実を隠そうとして精いっぱい下手な努力をしているように見える。

「だいじょうぶかい、父さん？」

「なんともないさ……いつもどおり……みんなはどこにいる？」

「台所で片づけが終わったところだよ」

「そうか」彼は咳をして、気分を落ち着けるためにちょっと間をとった。「二人ともすわったらどうだ？」

彼らは言われたとおり、ソファーのひとつに並んで腰をおろした。三十秒かそこら経過したが、そのあいだにどちらも言うことが見つからなかった。マイケルはパイプを取りだし、せっせと煙草をつめこんで火をつけると、最初に吐きだした煙ごしに二人をじっくり眺め、かすかに笑みを浮かべたように見えた——パイプの柄《え》をくわえているために唇がねじれているだけかもしれなかったが。

「例のビッグ・キャットはもうとらえたのか、アンドルー？」

「いや、まだだよ、父さん」

「とらえられると思うのか？」

「ああ、ビデオテープにね。いつかは」

「それがおまえの求めてる証拠になるのか？」

「誰もが求めてる証拠になるよ」

「それはどうかな。おまえに必要なのは骸骨だ。はっきり認知できる残骸だよ。これまでまったく見つかってないとは奇妙だ。そうした動物も死ぬはずだからな……生きているのなら」

「生きてるよ」

「おまえはどう思うかね、ニコラス？」

「ぼく？」ニックは意見を求められないように願っていた。父親はそれに気づいていたのだろうか。「ああ、ぼくはその問題についてはあまり偏見は持っていない」

「偏見は持たない？　そうか、それはそれなりにすばらしいことだ。おまえがそれをもっと有効に利用しなかったのは残念だが。しかし……まだ時間はあるかもしれん」

「父さんはどう考えてるのか話してくれよ」とアンドルーが割りこんだが、あまり唐突だったから、彼はぼくのために口をはさんだのかな、とニックは考えた。「ビッグ・キャットについて」

「わしが考えてるのはな、人々はそれの存在を信じたがってるという事実だ。おそらく、その存在を信じる必要があるんだろう。伝説には事実にも劣らぬ力があるのかもしれん。それが考古学者としてわしが最初に学んだことのひとつだ。おまえたちの祖父とわしは一九三〇年代に、ティンタジェルでローリー・ラドフォードの発掘を手伝った」ニックとアンドルーは同時にこっくり頷いた。なにぶんにも、これは以前にも聞いた話だったから。コーンウォール北西部のティンタジェル岬に、アーサー王の宮廷があったと伝えられるティンタジェル城の遺跡があり、そこの最初の本格的な考古学上の調査は、のちに有名になるローマのブリティッシュ・スクールの校長、C・A・ローリー・ラドフォードの指揮のもとに一九三三年に始まった。ゴドフリー・パレオロゴスと彼のティーンエージャーの息子マイケルは、ラドフォードのアマチュア協力者として参加した。書斎には、一九三五年の夏に彼ら二人がラドフォードとともに遺跡で写っている写真が飾ってある。「ヘンリー三世の弟で、コーンウォールの伯爵だったリチャードの命令により、おそらく一二三〇年代に城が築造されたことが、その発掘によって明らかになった。アーサー王の痕跡はなかった。円卓のかけらもなかったし、騎士の槍の破片もなかった。だがそれで、アーサー王にかかわる言い伝えが途絶えたと思うかね？　人々はキャメロット（アーサー王の宮廷があったとされる町）の廃墟を見たと信じるのをやめたかね？　むろん、そんなことはなかった。彼らは自分たちが見たかったものを見たんだ。おまえのとらえがたいビッグ・キャットにもほぼ同じことが当てはまるようだ。人々は――」

「おーい、飲み物だよ」バジルが足でドアを押し開けながら告げ、手際よくお茶のワゴンを部屋に運びこんだ。「それにもちろん、バースデー・ケーキもある。われわれは今日は贅沢三昧《ぜいたくざんまい》ってわけだ」

バジルには自分を迎えた反応からは察しがつかなかっただろうが、ニックとしては彼のあらわれたのがありがたかった。父親の説教ムードは簡単に暴言へと移行しかねなかったし、そうなれば、細心の注意を要する問題について冷静に話し合うことなどまず不可能だった。

けれど奇妙なことに、マイケルは自分の説教を打ち切ったことを気にしていないように見えた。彼はパイプをふかしながら、みんなが席につき、お茶かコーヒーのカップが配られ、ケーキの皿がまわされるのを静かに眺めていた。アイリーンがその場にいないプルーに謝意をあらわしたのにも、彼はもごもご同意の言葉さえ洩らした。パイプをかたわらに置いて、彼はケーキをかじり、お茶を飲んで、さらにお茶のお代わりを頼んだ。

そのあと、五十歳になるのはどんな気分かと、アンナから漠然とした質問を投げかけられたアンドルーが、さらに漠然とした返事をつぶやいたと思ったら、彼はそこでいきなり行動を開始した。

「ところで、このなかの誰が、おれにやれとけしかける役目をおおせつかってるんだね？」にわかに全員の目が彼に集中した。彼の聴衆の緊張を楽しむかのように、アンドルーはにやっと笑みを洩らした。「その役目を果たすために、おまえはわざわざここへ呼ばれたんだろう、ニコラス？」

ニックはどう答えたらいいのかわからなかった。胃がぎゅっと硬くなるのが感じられた。「そういうことじゃ……」彼は途方にくれて、きょうだいたちを見まわした。

「つまり……」

「わたしがタントリスさんの申し出の件を持ちだすつもりだったのよ、父さん」アイリーンがそう告げて、カップを下に置いた。「どうするか決めるために、わたしたちはくじを引く必要はなかったわ。それは話し合わねばならない問題だと、みんなが同じ意見だったの」

「それなら話し合おうじゃないか」マイケルはお茶を飲み終え、子どもたちににっこりした。「タントリスはトレナーを手に入れるために、五十万ポンドと、さらに、タヴィストックにあるデラックスな老人ホームにわしが入居する費用を差しだすと、わしに申し出た。そうだな？」

「ええ、でもそれは――」

「全部の話ではない？　ああ、そうだな。タントリスについてはわれわれは何も知らない、彼には金があり、アンティークのステンドグラスに興味を持っていること以外は。教会の美術史の専門家であるミス・ハートトリーは、この家のどこかにセント・ネオトの〝最後の審判の窓〟が隠されているとの仮説を立てている。ドリルやつるはしで壊しはじめる場所を探して、タントリスの手下たちが壁や床や天井をくまなく叩いたり、こまかく調べたり、探りを入れたりできるように、タントリスはわしにここから出ていってほしいと思っている。そして、わしを出ていかせるために、彼はこの家の実際の価値より五十パーセント以上も高い金額を支払い、おまえたちの良心が痛まないですむように、ゴートン・ロッジでの安楽な暮らしにわしを閉じこめる費用を負担して、おまえたち五人を買収することを企んでいる。わしは一年以内に完全に退屈しきって死ぬだろうから、貯金を使う機会はないだろう。そうなると、残った金はおまえたちで分けることになる。しかもその金は、おまえたちはすでに計算ずみだと思うが、無尽蔵《むじんぞう》のポケットを持つというタントリスと強腰で交渉すれば、実際には五十万ポンド以上になるかもしれんというわけだ」

「父さんはできるだけひどい見方で状況を説明してるわ」アイリーンが抗議した。

「わしは正確に話してるんだよ、おまえ、それだけだ。そうする潮時《しおどき》がきたようだからな」

「わたしたちは本当に父さんのことを心配してるのよ」

「最近、転んだでしょう」アンナが口をはさんだ。

「たいそうわしのことを気遣ってくれるんだな」

「プルーが見つけなかったら、どうなってたかしら？」

「やめてくれ、あれはたまたま彼女がちょうど家に着いたときだったんだ。彼女に助けてもらわなくても、わしはじゅうぶん独りで、わけなく立ち上がれたさ」

「彼女が話したこととは違ってるわ」

「彼女はわしと同じぐらい年をとっていて、知力はわしの二十分の一ぐらいしかない。彼女の話を鵜呑《うの》みにするな」

「若くなっていくわけじゃないんだよ、父さん」アンドルーが言った。「遅かれ早かれ、もっと実用的な住まいへ移ることを考えねばならなくなる」

「それなら、なるたけ遅くに願いたいものだ」

「わたしたちだってそう願ったでしょうね」アイリーンが認めた。「この申し出がなかったら。でも、実際にあった以上、無視することはできないわ」

「どうしてできないのか知りたいね」

「そこには金とは関係のない、説得力のある理由が存在するのはたしかだよ」自分のチャンスがやってきたと感じ、ニックが口をだした。

「で、それはどんな理由だね？」父親は彼にじっと視線をすえた。

「ステンドグラス。〝最後の審判の窓〟だよ。伝説には事実にも劣らぬ力があるのかもしれんと父さんは言った。だが、これはその両方だ、そうだろう？　歴史上の謎。芸術的な宝。考古学的探究。これは父さんにとって最高の楽しみのはずだ。捜索の邪魔をしようとはせず、指揮をとることを強く望むはずだ。ぼくには理解できないんだよ。感傷が父さんの学者としての判断力をくもらせているとは信じられない。ほかの人の場合なら、父さんはそう非難したはずだ、そうだろう?」

マイケルは下唇を突きだして、黙ったまま三十秒ほどニックをにらみつけてから、うなるように答えた。「こうした状況下では違う」

「何によって状況がそんなふうに違ってくるのかな?」

「正しい判断によってというのがそれにたいする答えだ。あいにくわしはこの家を――おまえたちの母さんが死んだ家を――ばらばらにするつもりはない、怪しげな資格しかない小娘の口車にのって――」

「よしてよ、父さん」アンナが遮《さえぎ》った。「これは女にあしらわれるとか、そんな話じゃないでしょう?」

「ハートリーさんの資格に何か不都合なところがあるのかい?」バジルが穏やかに問いかけた。

「訊かれたから答えるが、それはわしのとは比べものにならん。まるきりかけ離れたものだ」

「ボーデンの手紙がトレナーとセント・ネオトのステンドグラスを結びつける証拠なんだよ」ニックが言った。「ハートリーさんがきわめて明確にそのことを説明してくれた。その証拠に関する彼女の説明に、父さんは疑問を抱いてるの?」

「おまえはその証拠を見たのか？」

「いや、見てない、しかし――」

「そら、みろ。おまえは彼女の言葉を鵜呑みにした。おまえたちみんなが。なぜなら、そうするのがおまえたちにとって好都合だからだ。このゲームでは一次資料以外、何も信じてはならない。かならずしもそれが事実とはかぎらんのだ。それがわしのモットーだ」

「ハートリーさんは喜んで手紙を見せてくれるに違いないよ」

「そうかもしれん。だが、どうしてこれまでそれが明るみに出なかったんだ？　それがわしの知りたいことだ」

「彼女に訊けばいい」

「訊いたとも。それが収められている文書保管所に彼女が目を向けるまで、誰も気づかなかった。それが彼女の返答だった」

「でも、父さんは彼女を信じていない」

マイケルは視線を落とし、彼の自信がわずかに萎《な》えた。「そうは言ってない」

アイリーンがため息をついた。「じゃあ、なんと言ってるのよ、父さん？」

老人にとって、その質問はちょっと考える時間が必要だったようだ。彼はパイプを取り上げてから、またそれを下に置き、そのあとでようやく口を開いた。「どうするのがいちばんいいかを偏見なく判断できる人間は、わしだけだと言ってるんだ」

「わたしたちには偏見があるけど」アンナが言った。「父さんにはないというの？」

「わしは自分の偏見を払いのけることができるんだよ、アンナ」

「でも、わたしたちはできないってこと？」

「明らかにそうだ」

「そんなの……ばかげてる。それに、そんなこと言うなんて傲慢《ごうまん》よ」

「傲慢？　おまえの見方によればな。それに、わしをばかげてると思いたいのなら、けっこうだとも。いずれにしても、多かれ少なかれ、そうなって当然と見なされる年齢なんだからな、わしも」

「なんなのよ、これは？」アンナは両腕で頭を抱えこんだ。

「無謀なステンドグラス探しを容易にするために、匿名の百万長者にトレナーを売るつもりはないし、自分自身の無能が引き起こした財政逼迫《ひっぱく》からおまえたちを救うつもりもない。それでこの件はおしまいだ」

　それは怒りにまかせて口にされた言葉だった。子どもたちにはそれがわかっていた。おそらく彼自身にもわかっていただろう。けれども彼はつねづね、男はみずからの主義、ならびに、みずからの言葉をまげてはならないと主張していたから、発言を引っこめるとは思えなかった。それはおおっぴらに表明された言葉だった。それは誰ひとり元気づけない事実を、はっきり言い渡す言葉だった。彼は子どもたちが自分の人生の扱いを誤ったと考えていて、それゆえ、彼が彼自身の人生の扱いを誤るのを邪魔だてする権利はないと思っているのだ。

　沈黙に包まれた。バジルが咳払いして沈黙を破ろうとしたが、先に口を開いたのはアンドルーだった。「この件はおしまいだって？　そうだね、父さん、たしかにおれにはそんなふうに聞こえた」彼は立ち上がった。「もう帰るよ。後悔するようなことを言うまえに」

「わしが一瞬たりと後悔すると思うのなら——」

「いいや、父さん、思わないね。後悔なんて、あんたはほとんどしたことないさ、そうだろう？　事実、一度もない。あんたは何ひとつ後悔しない《ヴ・ネ・レグレッテ・リアン》。すばらしいことだよ。たいしたもんだ」

「アンドルー」アイリーンがなだめる。「帰らないでよ、こんなふうに——」

　しかし、彼はもうドアのほうへ向かっていた。「帰りたいんなら、そうさせたらいい」マイケルはそう言うと、息子の反応にたいして、明らかに責任をとる気はないと首を振った。

「きょうは彼の誕生日なのよ、父さん」アンナが言った。「すこしだけでも態度を和《やわ》らげることはできないの？」

「彼の誕生日はちゃんと憶えてるさ、おまえ。彼が生まれた日だ。きっかり五十年前に。彼にたいしてわしが抱いた願いを憶えている。それに、彼のあとにわしらが持つつもりだった彼の弟や妹たちにたいする願いも。言わせてもらうが、それらの願いは叶えられなかった、まったく。だから、わしに言うのはやめろ――〝態度を和らげろ〟などと」

アンドルーはもう台所へ行っていた。アイリーンも追いかけていった。彼女がアンドルーに帰るのを思いとどまらせようとしているのが聞こえてきた。彼女は時間をむだにしているだけだとニックにはわかった。アンドルーは父親と変わらないほど頑固《がんこ》だった。アイリーンにはその簡単な事実がどうしてもわからないのだ。ニックはオクスフォードの家にいたころの出来事を思いだした。父親とのいさかいのあと寝室にこもってしまったアンドルーに、部屋から出てきて、居間にいる家族のなかに加わるようにとアイリーンは頼んでいた。それは数えきれないほどの似たような出来事のひとつにすぎなかったが、そんなとき、アイリーンはいつも仲介役《ちゅうかいやく》を買って出た――だが、いつもむだな努力だった。何も変わってはいなかった。そして、これからも何も変わらないだろうと、彼は今、はっきりと悟った。

バジルが彼の目をとらえ、絶望的だというように顔をしかめたが、それを見たニックの心に、バジルはぞっとするほど事細かに、こうした成り行きを予測していたのではないかという疑惑が生じた。アンナが癇癪《かんしゃく》を起こすこともふくめて。彼女の癇癪はその場のはずみでどっと噴きだすのだ。

「あなたの願いですって、父さん。ええ、それについてはさんざん聞かされてきたし、わたしたちがどれほどそれとかけ離れてしまったか責められてきたわ。わたしたちがなぜ父さんを失望させたのか考えたことないの？　それは父さん自身の偏った、心の狭い、人生との取り組み方に関係があるかもしれないと思ったことはないの？」

「ばかなことを言うな」

「最近、アンドルーにとってカーウェザーでこつこつやっていくのがどんなに厳しいか、すこしでも考えたことあるの？」

「農業は彼が選んだものだ、わしではなく」

「だからどうだというの？　彼に職業上の助言をしてくれと言ってるんじゃないわ。同情するようにと頼んでるのよ。理解するようにと。でも、父さんにはできないでしょう？　というより、そんな気はない。父さんはわたしたちの誰ひとり理解しようとしないのよ」

「わしはおまえたちをこのうえなく理解してるさ」

「ほんと？　それなら、それは両面にはたらくんだわ。わたしが父さんを見抜いてないとは思わないで」

「じつのところはな、わしは——」

裏のドアがはげしい勢いでぴしゃっと閉まったために、暖炉の横の戸棚に入った陶磁器が、ウィンドチャイムのようにチリンチリン音を立てた。すぐにアイリーンが部屋に戻ってきた。「行ってしまったわ」彼女はそう言って、ため息をついた。「説得できなかった」

「これまで彼がやりはじめた多くのばかなことを、思いとどまるよう説得できたためしはない」マイケルが分析でもするような淡々とした口ぶりで言った。「忠告を聞き入れることは彼の性格にはないんだ」

「父さんの性格にもないように」アンナがぴしゃりと言った。

「とんでもない。忠告するにふさわしい人々の言葉には耳をかたむける。つねにそうしてきた。それがわしが出世したやり方だ。わしの人生をりっぱに成功させた方法だ。それによって……」彼は子どもたちににっこりした。「そう、われわれは自分の立場が正しいことを証明できるのだ」

「これじゃどうにもならないわ」そう言ったアイリーンの表情が、事実を如実に告げていた。彼女はまるで、慎重に時間をかけて行動方針を練ってきたにもかかわらず、いざ取りかかったとたん、計画が崩壊してしまった人のようだった。もちろん、それがまさしく実際に起こった事態だった。「わたし、もう家に帰りたいと思うんだけど、ニック？」

　彼は肩をすくめた。「ぼくなら、かまわないよ」

「退散して、軍隊を再編制するんだな」マイケルが言った。「そうだ、こうした状況ではそれが最高の戦術だ。安全な場所に退却して、べつの接近方法を用意しろ。もちろん、それも効き目はないだろうが」明らかに子どもたちの敗北と見なした状況に満足して、微笑が満面の笑みになった。「だが、わしにおまえたちをいじめるのをやめさせるなよ」


「どうしてわたしたちは、今度は違うだろうと考えたのかしら？」一時間後、〈オールド・フェリー・イン〉の奥のバーで、アイリーンが大仰《おおぎょう》に嘆いた。夜の営業時間まではまだすこし間があったから、彼女の言葉を聞いている客はいなかった。彼女の聴衆はニックとアンナとバジルだった。彼らはほぼ同時にトレナーを出て、そのままソールタッシュへやってきた。今は暖炉を囲んですわり、むっつりした顔で見つめ合いながら、これからどうすべきか考えていた。「つまりね、わたしの知るかぎり、父さんはこれまで一度だって道理がわかったことなんかないのに、どうしてあんなに単純に今回はわかるはずだと信じたのかしら？　どうしてなんだろう？」

「人は実際の父親ではなく、こうあってほしいと望む父親を、つい考えてしまうんだよ」バジルが考えこみながらそう答えた。

「わたし、父さんが好きじゃない」アンナはそう口走ったが、はっきりそう悟ったことに自分でも驚いているようだった。「もちろん、彼を愛してるわよ。でも、本当は好きじゃないってことよ、ちっとも」

「アンドルーに電話してみよう」アイリーンがぱっと立ち上がった。「彼の様子を確かめなきゃ」

彼女は電話をかけるためにバーの奥の壁にとりつけられた電話機のほうへ行った。彼女がダイヤルして受話器を耳にあて、呼び出し音を聞いているのを三人は見守っていた。一分がゆっくり経過した。それからアイリーンは受話器をかけた。

「留守番電話がつけてあればいいのに」と彼女はつぶやいた。

たぶん彼はナイトスコープとビデオカメラを持って、もうビッグ・キャットを捜しに出かけたんだろう、とニックは思った。たしかに、父親よりそれをとらえるほうが簡単かもしれない。「ぼくたちはおやじの忠告にしたがうべきだよ」彼は穏やかに言った。

「なんですって、なんですって?」アンナが呆然として彼を見た。

「おやじに道理を説いてもむだだ。はっきり心を決めてるから、それを変えるためにできることは何も――まったく何も――ないよ。単純明快なことだ。タントリスの申し出は忘れよう。ゴートン・ロッジのことも忘れよう。エルスペス・ハートリーにこの話はだめだと言うんだ。ほかのことはやってもむだだよ」

「それじゃ完全な敗北主義だわ」アイリーンが抗議した。

「そう言いたければ」

「ええ、わたしは気に入らない」

「こっちがやり方を変えればいい」バジルが提言した。「申し出を拒絶するようにおやじを促《うなが》すんだ」

アンナが顔をしかめた。「父さんはわたしたちに反対するためだけに申し出を承知するだろうってこと？」

「そのとおり」

「冗談を言ってるんでしょう？」

バジルは彼女ににやりとした。「今の状況で、ほかにどうできるんだ？」

アンナとバジルが去り、アイリーンが夜の営業を始めてから、ニックは町の散歩に出かけた。一月の日曜の夜のソールタッシュは墓場並みの活気しかなかった。数千人の人たちがまわりにいるというのに、彼が見かけたのはせいぜい十人ぐらいだった。彼とて仲間を求めていたわけではない。〈オールド・フェリー・イン〉に残っていれば仲間はいただろう。この日の大敗北のあとで彼にもっとも必要なのは独りになることだった。話をするのはもうたくさんだった。それに考えるのも。

にもかかわらず、考えが頭のなかで渦巻いていた。父はどうしてあんなににべもなく〝最後の審判の窓〟の計画に反対したのだろう？　その疑問に答えるのを避けるために、わざと子どもたちを敵にまわしたのか？　それに、ボーデンの手紙がどうしてそんなに長いあいだ見逃されてきたのかと問いかけたとき、彼はいったい何を言いたかったんだろう？　彼の行動はどう見ても筋が通らなかった。父はつねに頑固だったとはいえ、きょうの午後は頑固の域を越えていて、このあと何ヵ月ものあいだ、数人の子どもたちと気まずい関係になるような侮辱《ぶじょく》的なやりとりを挑発した。アンドルーとアンナは当分は父と話そうとしないだろうし、アイリーンもきっと距離をおくだろう。彼にはわかっていたに違いない……。

なるほど、そういうことだったのか。彼にはちゃんとわかっていたんだ。おやじの図太さにニックは苦笑せざるを得なかった。自分が反対する理由を説明せずにタントリスとの取引を断るには、家族の仲たがいが必要だったのだ、説明できないことが彼にはわかっていたから。自分が窮地に立たされていることに彼は気づいた。それで、そこから抜けだす方法を見つけた。子どもたちにも少し手伝ってもらって。

5

翌朝のニックの出発は、見送りという点ではひっそりとしたものになった。アイリーンは前日の午後の出来事で落胆して気持ちが乱れていた。彼女はまだアンドルーと話していなかったし、いつになったら父親と話す気になるか考えられない状態だった。もちろん、彼女はすぐに立ち直るに違いない——そう確信できるほどニックには彼女のことがよくわかっていた——とはいえ、すくなくとも数日はかかるだろう。そんなわけで、エルスペス・ハートリーにはどう話すつもりか、ニックはあえて訊ねなかった。彼女は何か考えつくだろう——そのうちに。

霧雨の降る陰鬱な朝で、ハモエイズは霧のヴェールに包まれており、オレンジ色の上着を着た作業員がテイマー・ブリッジの濡れた梁《はり》の上に群がっていた。ニックは数珠《じゅず》つなぎの通勤の車の列についてデヴォン海岸のほうへ橋を渡り、通行料を払って二車線の道に出るやいなやスピードを上げた。いよいよ立ち去る時がきた。いろんな意味で彼はそれが嬉しかった。

二時間半後、コーヒーを飲んでちょっと足を伸ばすために、M４のデラメア・サーヴィスエリアに立ち寄った。車から出るまえに、運転中はスイッチを切ってあった携帯をチェックした。そこにはアイリーンからのメッセージが彼を待っていた。

〝恐ろしいことが起こったの、ニック。できるだけ早く電話をちょうだい〟

彼は車のドアを押し開け、姉のメッセージに戸惑いながら冷たい空気を吸いこみ、モーターウェイを走っていく車の音にちょっと耳をすました。それから〈オールド・フェリー・イン〉へ電話をかけたが、アイリーンが出るまえに〝恐ろしいこと〟とはどんなことかをすでに予想していた。ニックはアンドルーのことを、そして、彼がトレナーを出ていったときの精神状態のことを考えていた。それが反射的に頭に浮かんで……もしやと思った。すぐに受話器が取り上げられた。

「〈オールド・フェリー・イン〉です」

「アイリーン？　ぼくだ」

「ニック。ああ、よかった。今どこ？」

「そんなことはどうでもいい。何があったんだ？」

「運転中なの？」

「違う。車はとめてある。何が――」

「父さんが亡くなったの」

「なんて言った？」もちろん、彼にはちゃんと聞こえた。けれども、自分が正しく聞きとれたとは信じられなかった。

「父さんが死んだのよ」アイリーンが嗚咽《おえつ》を洩らしたが、すぐにぐっと抑えた。「プルーがけさ、トレナーで見つけたの」

「ぼくには……何がなんだか……」

「わかるわ。いきなりそんなこと言われてもね。きのうはあんなにも元気だったのに。すごく抜け目なくて、しっかりしてて——わたしたちにはとても我慢ならないほどだったのに」彼女は鼻をすすった。「ごめんなさい。ショックなのよ。あなたにもショックを与える羽目になって、すまないわね」

「何があったんだね？　心臓……だったの？」

「いいえ。転落っていうのかな。地下室の階段から落ちたみたい。警官は手すりに頭をぶつけたようだと言ってた」

ニックは目を閉じた。これまで、父親が死ねばいいのにと密かに思ったことが何度もあった。ほかの人には言えないけれど、自分にはそう認めることができる。だが今では、それも過去のことになっていた。自分が犯した過ちは父の責任ではなかったと遅ればせに悟ったために、そんな思いは消えてしまったのだ、父のせいにしたくなるほど彼は遠慮会釈《えんりょえしゃく》もなく、そうした過ちには我慢ならないことを露骨に表明したとはいえ。マイケル・パレオロゴスは誰の目にも完璧な親の見本ではなかった。彼は自分の学生にたいしてと同様、家族にたいしても、彼らがどう考えればいいか、何を考えるべきかわからないときに、相手が途方にくれるほどの不信をぶつけた。父が年をとるにつれ、彼の妥協を拒む姿勢がニックにはますます感心できなくなった。彼は生きていたときのまま死んでいった――自分がいちばんよくわかっていると信じこんだまま。

「ニック?」

「ああ。ごめん。転落って言ったね?」

「そう見えるのよ」

「おやじは足元がおぼつかなかった。姉さんの言ったとおりだった」

「そうね。でも……」

「なんだい?」

「わたしたちはきのう、家を売れと父さんに迫って、彼の心を乱したとは思わない?そのために……こういう結果を招いたとは思わない?」

前日の午後、子どもたちをはげしく非難したとき、父親の顔に浮かんでいた表情をニックは思い起こした。彼は怒ってはいなかった。傷ついてもいなかった。いつもどおり独善的なだけだった――おそらく彼は、自分がそんなふうに記憶されることを望んでいるだろう。「いいや、アイリーン。まったく思わない」

マイケル・パレオロゴスには生来、潮時《しおどき》を選ぶという意識が欠けていたが、それは彼が死ぬさいにも同様だった。ニックは家族から遠く離れて送っている、彼の馴染んだ生活にその日のうちに戻れるものと思いこんでいた。だがそうなる代わりに、プリマスを車で出発してから五時間後に、ふたたびそこへ戻ることになった。父は死後もなお、彼がそう簡単には逃げ帰れない運命を定めていたのだ。

彼の目的地は〈オールド・フェリー・イン〉でもトレナーでもなく、シタデル・ロード二五四番地だった。彼がM５を途中まで引き返したとき、アイリーンが電話してきた。アンドルーと連絡がとれて、〝手はずをととのえる〟手助けをするために、彼もプリマスへやってくるところだと彼女は告げた。つまり、葬儀屋と相談するということだとニックは解釈した。だからそのあとでアンナのフラットに集まるのが、きょうだい全員にとって好都合だということだった。

窮屈な地下の居間に、彼らは悲しげな顔つきで集まっていた。ニックが到着するとすぐに、バジルがお茶とコーヒーとビスケットを配り、アイリーンは涙をこらえて彼を抱きしめた。

「警察から正式に身元確認をしてほしいと言われたんでね」彼女が告げた。「アンドルーとわたしが行ってきたの」

「いやなところだ、あの死体置き場というのは」アンドルーが口をはさみ、頭を振った。「おやじはあそこに横たわってたが、今にも起き上がって、ばかなまねをするなとおれたちに言いそうに見えた」

「父さんはあす、葬儀室に移されるのよ」アイリーンが続けた。「検死解剖が終わってから」

「検死解剖？　おやじはたしか頭を打ったんだよね？」

「そんなふうに見えるのよ。でも、警察は調べなきゃならないんでしょうね。検死審問を開かねばならないから」

「見たの……傷を？」

「いいえ。頭の後ろにあったんですって。でも、それを見せてくれとは頼まなかった」

「おまえだって頼まなかっただろうよ」アンドルーがつぶやいた。「きっとな」

「葬儀の日取りについてはもう話し合ったの？」

「たぶん次の月曜日になるわ」アイリーンが答えた。「それまでこっちにいられるんでしょう？」

「もちろん」

「わたしたち、あしたバスクコームと会う約束になってるのよ」

「わかった」

「賛美歌のことも考えなきゃならないわ。それに、お花のことも。告示のことも。それに――」言葉がとぎれ、彼女はため息をついて腰をおろすと、片手で額を押さえた。「父さんはまだ何年も生きると思ってた。本当にそう思ってた。何年も何年も」

「独りで何もかも片づける必要はないのよ、アイリーン」アンナがそう言って、姉の体に腕をまわした。「みんなでやればいいんだから」

「プルーはどんな様子？」ニックが訊いた。

「彼女に会ったとき、かなり動揺してたわ」アンナが答えた。「あまり筋の通った話ができなかった。警察が質問攻めにして彼女を困惑させたのよ。警察はわたしたちをトレナーに入れてくれないの」

「なぜなんだ？」

「ただの決まりきった手順よ」アイリーンが言った。「長いあいだじゃないわ」

ニックは眉をひそめて姉に視線をすえ、はっきり口にされずにいることを探ろうとした。「決まりきった手順？」

「事故ではなかった場合の用心だよ」ニックの質問によって広がった沈黙を、バジルの声が穏やかに断ち切った。「彼らはそうしたことも考慮しなければならないんだ」

バジルの鋭く的確な発言から派生するさまざまな問題がニックの頭を駆けめぐったのと同様、それは彼の兄や姉たちの頭も駆けめぐったに違いなかった。けれども、その夜もっとあとになるまで、それが話し合われることはなかったし、それに言及されることすらなかった。アンドルーが、カーウェザーへ戻るまえに〈ヤード・アーム〉で一杯やろうと思うが、誰かいっしょに行かないかと訊いた。それに応じる者はほかにはいないだろうと感じ、ニックがすすんで付き合うことにした。

その夜はパブは静かだった。そこの目立たない片隅に置かれたテーブルに二人は腰をおろし、カレッジ・ベスト・ビターで父親の思い出のために乾杯した。

「ほんとにショックだったな、ええ、ニック？　おやじがきのう、あんな古臭い騒ぎを引き起こしたあとで、こんなことになるなんて誰が考えた？」

「たぶん、あれですっかり参ってしまったんだよ」

「おれが参ったほどじゃなかっただろうがな。おれは絶対にもっといい関係で別れてたはずだ、もしもおれが……」彼は肩をすくめた。「なあ、わかるだろう」

「ああ。わかるよ」

「慣れるのにしばらくかかるだろう。つまり、おやじはもういないってことに」

「たしかに」

「そう……慣れるにはな」アンドルーはぐいっとビールを飲んだ。「まったくだ」

「恐ろしいことが起こったというアイリーンからのメッセージを受け取ったとき、ぼくは一瞬……」ニックは言いよどんだ。

「何を考えたんだ？」

「兄さんかと」

「おれ？」

「うむ、あんなふうにトレナーから飛びだしていったあと……」

「うちに帰って、納屋の梁で首を吊ったと思ったのか？」

「かならずしもそうではないけど、ただ――」

「おれはかなり興奮してたよ、ニック、たしかにな。だが、そいつはめずらしい変わったことかね？　おやじは長年、おれに毒舌を浴びせてきた」アンドルーは目をそらし、明らかにそうしたときのことを思いだして、束の間、物思いにふけった。

「変わったことはね、おやじはもう兄さんに毒舌を浴びせないことだよ」

「ああ、そうだな」アンドルーは皮肉な含み笑いをした。「だが、おまえに何がわかる？　おれはそれがなくなって寂しいんだ」

「ぼくもだよ」

「そうか」アンドルーは弟に視線を戻した。「だが、それを人に説明するのはむずかしいよな？」

「そうだね」

「だからきのうの大げんかについては、おれたちは黙ってるべきだ、警察が嗅ぎまわりはじめるという望ましくない状況のなかでは。家族のけんかのこと——というより、タントリスの金のこと——やなんかを口にしたら、怪しまれかねないからな、ほら……」彼は声をひそめた、声が届く範囲には誰もいなかったから、そんな必要はなかったのだが。「彼は転落したのか、それとも、突き落とされたのかと」

「誰も怪しんだりしないよ、アンドルー」そう言いながらも、ニックはその点については確信がなかった。事情を知る部外者にとっては、それはありうることに思えるかもしれない。「まさか。本気でそう考えてるわけじゃないだろう？」

「こっちが怪しまれるような理由を与えなければ、だいじょうぶだ。いいか、おれたちがタントリスの申し出を承知するのははっきりしてるが、遅れが生じるに違いない。おやじの遺言書は検認を受けねばならないし、そのほかいろいろある。そのあと検死審問もある。おれたちは急いで何かする必要はないんだ」

「兄さんの言ってることから判断すれば、急ごうにも急げないよ」

「そのとおりだ。タントリスは引きさがるつもりはないだろう。おれたちはじっと時を待たねばならん」アンドルーはビールを見つめながら考えこんだ。「おやじは正しかった。彼は老人ホームに入るのがいやだったんだ、どんなにりっぱな設備がととのっていても。あっけない死だったが、慈悲深《じひぶか》いものだったのかもな。いつかおれたちはこのことを振り返って、そう、これが考えられる最善の道だったと思えるかもしれん」彼はニックを見上げた。「そう思わないか？」

アンドルーはシタデル・ロードからホーのほうに通じる道路のひとつに車をとめていた。〈ヤード・アーム〉を出たあと、ニックは彼といっしょにそこまで歩いていった。冷たい風がはげしくなっていて、霧雨を吹き払い、サウンドの上に広がる真っ黒な雲の層のなかに、星をちりばめた窓がぽっかり顔をのぞかせていた。

「トムが葬儀にやってくるよう願ってるんだがな」ランドローヴァーに近づいたとき、アンドルーがそう言った。

「きっとくるよ」

「ただし、彼にうまく連絡がとれたらの話だ。これまでいくら連絡をとろうとしても、彼の留守電につながるだけなんだ。ケイトに彼の携帯の番号を知ってるか訊けばいいんだが……そうはしたくない」

「彼女にはおやじのことを知らせないの？　二人は以前はおたがいにうまくやってたじゃないか」

「知らせるべきだろうな。だが、彼女が葬儀に出席したがるとは思えないだろう?」

「わからないよ」

「彼女にくるのをやめろとは言えないしな。あの気取り屋のモーソンの野郎をいっしょに連れてくるなとは。やれ妻だ、やれ子どもだ、やれ元妻の新しい夫だ。おまえはそんなことにはいっさい巻きこまれないですむさ、ニック、おれの言うことを信じろ」

「喜んで」

「ああ。間違いないよ」彼らは車の横までやってきた。アンドルーはドアのロックをはずして乗りこむと、窓を開けてエンジンをかけた。エンジンは冷たい空気のなかで唸り声をあげ、排気ガスを吐きだした。「じゃあ、またな。おれは——」何かがアンドルーの目をとらえた。彼はワイパーにはさんである紙切れをフロントガラスごしに指で示した。「飛んできたポスターかなんかだ。とりのけてくれるか、ニック?」

ニックはワイパーの下から、その迷惑なものをとりのけた。けれども、彼がそれをよく眺める間もないうちに、アンドルーはランドローヴァーのギアを入れ、おやすみと叫びながら走り去った。ニックはおざなりに手を振り、車が通りの突き当たりで曲がって見えなくなるまで見送っていた。

そのあとで、ようやくいちばん近い街灯の下まで歩いていって、琥珀《こはく》色の光のなかで手に持っているものを見た。霧雨で湿っている、封をした白い封筒だ。破いて開き、中身を引っ張りだしてみると、入っていたのはお悔やみのカードだった。画家が描いたキャンドルの印刷画のかたわらに、ゴシック体の文字でお悔やみ状と記されている。カードを開くと、そこにもお悔やみの言葉が印刷されていた。〝悲しみにくれるあなたに思いを馳せつつ〟だが、署名はなかった。名前はない。メッセージもない。それは完全に匿名の人物からのお悔やみ状だった。

それについて考えれば考えるほど、ニックはその出来事が不安になっていった。その夜もっと遅くなって〈オールド・フェリー・イン〉へ車で戻っていく道々、彼はアイリーンとべつべつの車で行ったことを密かに感謝しながら、そのことをじっくり考えずにはいられなかった。単純な、だが不安を覚える理由があったために、彼はカードのことをアイリーンに話したくなかったのだ。シタデル・ロードのあたりにはアンドルーを知ってる者はいなかった、ましてや彼のランドローヴァーを。カードがアンナのフラットの郵便受けに投げこまれていたとしても、充分に困惑する出来事だったろう。だが実際は、メッセージはアンドルーだけに向けられているようだった――ニックには見当もつかない理由で。

アイリーンはその夜はパブを閉めていた。営業を休むお詫びと、その理由として身内の不幸に言及してある表示がドアに貼ってあった。中庭に曲がるためにスピードを落としたとき、ニックの車のヘッドライトがぼんやりそれを照らしだした。

ニックは、彼のために錠をかけてない裏のドアから家のなかに入ると、暗いバーを横切りバッグをかかえて階段をのぼっていった。てっぺんにたどり着いたとき、居間でテレビのニュースが切られ、アイリーンが開いた戸口ごしに彼に呼びかけた。「ニックなの？」

「ほかの誰なんだよ？」

「寝酒に付き合わない？」

「オーケー」

アイリーンはニックより半時間ほど先にアンナのフラットを出た。帰宅してからずっと彼女はウィスキーを飲んでいたように見える。部屋にはガス暖房の温もりとともにウィスキーのにおいが充満していた。彼は自分でグラスに二センチほど注いでから彼女の向かいに腰をおろしたが、すわりながら彼女の瞳に涙があふれそうになっているのを目にとめた。

「辛いよねえ、姉さん？　辛いし悲しい」

「母さんが死んだときよりひどかった気がする」アイリーンは親指で涙を拭い、鼻をすすった。「今回はほとんどショックだもの」

「そうだな、母さんのときはさんざん予告されたからね」

「いやというほど」

「それよかましってわけじゃないんだね？」

「わからないけど。たぶん」

「警察は言わなかったのかい……正確にはいつおやじが死んだと思われるか？」

「どうやら、プルーが見つける十時間ぐらいまえ。ということは、昨夜遅くだわね」

「地下室の階段の下に横たわってたんだろう？」

「そうよ」彼女はかすかに笑みを浮かべた。「子どもたちを撃退したお祝いをするために、ヴィンテージ・ワインを取りにいったんでしょうよ」そう言ったあと、さらに涙があふれだし、彼女はティッシュで涙を拭った。

「おやじは瓶を持ってたの？」

「なんのこと？」

「落ちたとき瓶は持ってたのって訊いてるんだ。だって、ほかにどんな理由であそこへ下りていくんだよ？」

アイリーンは顔をしかめた。「知らないわ。誰もそれには言及しなかった。たぶん、そこまでいかなかったんでしょう」

「でも、あそこから出ようとしたときに転落したんなら、持ってたはずだよ。どうして何も持たずに出てくるんだ？」

「なぜ出ようとしたときに落ちたってわかるの？」

「傷が頭の後ろにあるからだよ。姉さんがそう言っただろう」

「ええ、でも……」アイリーンのぼんやりした眼差しがはっと鋭くなった。「何を仄めかしてるの？」

「何も。ただ……何が起こったのかを理解しようとしてるんだ」

「何が起こったかというとね、父さんは滑るかよろけるかして……転落したの。そのとき下りようとしてたのか、それとも出ようとしてたのかで、どんな違いが生じるというのよ？」

「違いはないさ。ただね……」ニックはウィスキーをひと口飲んだ。「われわれはタントリスの申し出のことは警察に話さないで慎重に行動すべきだと、アンドルーは考えてるんだ」

「それは彼らとはなんの関係もないことだわ」

「ああ。厳密には。しかし、彼らがそのことを嗅ぎつけようもんなら、二と二を足して五にしかねないからね。バジルが言ったように、疑うのが彼らの仕事だから」

「ばかばかしい。彼らは本物の犯罪を解決するのに忙しすぎて、架空の犯罪を捜して時間を浪費するわけがないわ」

「姉さんが正しいように願おう」

「わたしが正しいに決まってるわ」

「オーケー、オーケー」ニックはまたすこしウィスキーを飲み、なだめるようににっこりした。「ショックがぼくにも影響を与えてるのかもしれない」

「おそらくね」アイリーンは愛情のこもった眼差しで弟を眺め、彼女の怒りは燃え上がったときと同じくらい速やかに消えていった。彼女は体を前にかがめ、膝にのっている弟の手を軽く叩いた。「怒るつもりじゃなかったの。わたしたちは言い争うのではなく、助け合ってこれを乗り切っていかなきゃね」

「姉さんの言うとおりだ。ごめんよ」

「わたしのほうも」

「ローラにはもう話したの？」

「ええ。週末には帰ってくるわ。学校側は彼女がもっと早く帰ってもかまわないと言ったんだけど、そんなことは無意味だと思ったの。彼女が到着するときには、すべての手続きが片付いてるほうがいいでしょうから」

「彼女には自分の部屋が必要になるね。ぼくは移ろう」

「どこへ？」

「ホテルへでも」

「トレナーに泊まればいいんじゃないの？」

もちろん、そうだろう。ニックとしては、自分では分析したくない理由でその見通しに怖気《おじけ》づいたものの、それを拒むことはできなかった。

「どんなに短いあいだにせよ、わたしたちの一人があそこに住むのはいいことだと思うの。そうすれば、あそこが完全に見捨てられたと感じないですむから」

姉にそうした感情を抱かせているものは、花崗岩とモルタルの山にすぎないのだとニックは反論したかったが、やめにした。「じゃあ、それで決まりだ」彼はそう応じると、ウィスキーを飲み干した。


ニックはその夜よく眠れなかった。アイリーンと話し合っていたとき、自分の主張をひっこめてよかったと感じていた。彼が主張している理屈を押し進めていたら、彼女がどんな反応を示したかわかったものではない。アイリーンによれば、父親はよろけるか足を滑らせるかして転落した結果、死亡したのだ。たしかにそれは彼に起こる可能性のあることだった。だがそれと同時に、当然ながら彼が突き落とされた可能性もあるのだ。すくなくとも仮説としては。だが、もしもそうだったのなら……誰が彼を突き落としたのか？　それに、どうして？　ニックを目覚めさせていたのは、そうした疑問にたいする答えを見つけるのがむずかしかったからではない。答えを見つけるのを避けるために努力が必要だったからだ。

翌朝、ソールタッシュをジョギングでひとまわりする途中で、彼は引き裂いたお悔やみカードを通りすがりのゴミ箱に投げ捨てた。

6

彼らがバスクコームと会う約束は、〈オールド・フェリー・イン〉の営業時間や、アンナのナーシング・ホームでの勤務時間とかち合わないように、四時に設定されていた。ニックはある意味で、時間に余裕のあるのがありがたかった。そのおかげで、父親の死の状況についてじかに知っているただ一人の人物から話を聞くチャンスを、手に入れることができたから。

アイリーンがその日、店を開けたあと、彼はこっそり抜けだしランダルフに向かって車を北へ走らせた。トレナーは立ち入り禁止になっているとわかっていた。しかし、プルー・カーノーのコテージはそうではなかった。しかも、その老婦人は寡黙であるためにほとんど人目を引かなかった。

雨が降っていて、それは明け方からずっと降りつづいていた。カーグリーンを通って川のほうへくだっていく大通りの片側は、水路になってしまっていた。排水管からは水が噴きだし、溝には水があふれている。あたりには人影もなかったが、ニックは意外だとは感じなかった。じつのところは、この天候にかなり満足していたのだ。この天気では、プルーが不在でどこかへ出かけている可能性は薄かったから。

　彼はできるだけチャフ・コテージの戸口の近くに車をとめたが、それでも、雨のなかをびしょ濡れになって突進せずにすむほど近くはなかった。それにコテージには張り出し屋根というほどのものはなかった。だが幸いにも、彼が呼び鈴の引き綱をぐいと引っ張ると、すぐにプルーが出てきた。

「ニコラス」彼女はそう言いながら、彼女の瞳を巨大な深海魚の目のように見せている眼鏡ごしに彼を見上げた。「あらまあ、嬉しいこと。ずぶ濡れにならないうちに、なかへ入ったほうがいいですよ」

　玄関ドアがじかに居間に通じていて、居間にはトランクセール（参加者が車のトランクに積んで持ち寄った品々を販売するバザー）にだせるような骨董品がぎっしり詰めこまれている。ニックはこの家がどんなに小さいか忘れていた。同じことが家の持ち主にも当てはまった。彼の前をせかせか歩いていくプルー・カーノーの、花柄の部屋着につつまれた小さな体。最近、パーマをかけて青く染めた白髪。ウェスト・ハイランド・テリアが、テレビの横の居場所から興奮してキャンキャン吠えたて、真っ白な毛に縁取られた目でニックを見上げた。

「お父さんのこと、お気の毒でしたね、ニコラス。言わせてもらいますけど、あれは恐ろしいショックでしたよ」

「そうだったに違いないね」

「お茶にしますか？　それともシェリー？　わたしはときどき、今ぐらいの時間にグラスに一杯飲むんですよ。昨日は数杯は飲まずにいられませんでしたけどね」

「いいね。シェリーをもらうよ。ありがとう」

プルーが隅の戸棚を開けて、中身をカタカタ、チリンチリンいわせると、それで犬がまたキャンキャン吠えはじめた。「静かにおし、フィンリー」そう叱ると、ある程度の効果があった。プルーがブリストル・クリームを注いでいるあいだに、フィンリーはしだいに静かになった。「あなたのお父さんに」彼女はそう言って、ぐいっとひと口飲んだ。「彼が安らかに眠られますように」

二人は電気ヒーターの両側にすわった。ヒーターの真っ赤な電線が強力な熱波を狭い範囲に集中的に放射している。フィンリーが二人の脚のあいだにぱたぱた入りこんできて、敷物の上にすわりこんだ。

「ぼくたちはあなたのやってくれたすべてのことに感謝してるんだよ、プルー」ニックは言った。「ぼくが言ってるのは、きのうのことだけじゃない。おやじの面倒を見るのは、あまり楽じゃなかったはずだからね」

「もう終わりましたよ、それも。あなたのお母さんが亡くなったとき、彼に独りでやってもらおうと考えたんですよ、彼は協調的な性格とは言えませんでしたからね。でも結局……わたしたちはなんとかうまくやってきました」彼女はまたシェリーを飲んだ。「彼をなつかしいと思うでしょうよ、あの気性も何もかも」

「ぼくたちもみんなそうだよ」

「葬儀の日取りは決まったんですか？」

「たぶん次の月曜日になるだろう。はっきり決まったら知らせるよ。ひとつふたつ……面倒なことがあるんでね。検死とかそんなことが」

「もちろん、あるでしょうね。それは充分に理解できます。でもそのあいだ、どうして片づけをするためにトレナーへ入れてもらえないのか、わたしにはわかりませんよ」

「そう長いあいだじゃないと思うよ、プルー。きょうの午後、ぼくたちはミスター・バスクコームに会うことになってる。彼がそうした問題を解決してくれるだろう」

「そう願いますよ。日曜日にあなたがたがパーティをやりましたからね、後片づけがどっさりあるはずなんですよ」

「あなたがそこまで心配する必要はないよ」

「ほかに心配する人がいますか？　あなたがたはこれからも、そうしたことはわたしに任せてほしいですね。とにかく、あなたがたがあの家を所有しているあいだは」

「もちろんさ、もちろんだとも。あなたが喜んでやってくれるのなら」

「わたしにできるせめてものことですよ、ニコラス。あなたのお母さんはわたしにとても親切にしてくださった。あの家にたえず気を配ってほしいと、彼女は望んでるでしょうからね」

「それなら、またあそこへ行くのは平気なの？　きのうの朝にあんなことがあったあとで？」

「そんなこと、気になるもんですか。わたし自身、もうじきお墓に入るんですから、死ぬことなんてちっとも怖くありませんよ。もしあなたのお父さんが幽霊になって戻ってきたら、こっちとすれば、仕事をくびにならないか心配する必要もなく、思ってることを彼に話すいいチャンスってものです」彼女は笑い声をあげ、ニックもいっしょになって笑った。すぐに彼女は笑うのをやめた。「でもね、あれはべつだん、ぞっとする光景ではありませんでしたよ、本当です」

「どんなふうにしてあなたは……つまり……」

「どんなふうにして彼を見つけたのか、ですか？　そう、いつもどおり十時ごろに家のなかに入りましたが、彼の姿はなかったし、物音もしませんでした。散歩か何かで出かけてるんだろうと思いましたが、ぶらぶら歩きまわるのにふさわしい天候ではなかったし、車もガレージにありました。そのとき、セラーのドアが開いたままになっていて、なかに明かりがついているのが目にとまったんです。ドアに頭を突っこんで階段の下を見ました。するとそこに、階段の下に、彼が手足をひろげ仰向《あおむ》けに横たわってました。その格好を見ただけで、死んでいるとすぐにわかりましたよ。首の骨を折ったんだと思いましたが、きのう、わたしと話をした若い巡査は、後頭部の傷が彼の命を奪ったと考えてました。でも、もちろん、わたしはそれを見ていません」

「かわいそうなおやじ」

「そうですね。わたしたちの年齢、彼やわたしの年齢になると、ちょっと足を滑らせただけでそうなるし、滑りやすくなるんですよ、本当に。彼は数週間前にもあんなふうに転びましたから、あれが彼にたいする警告だったはずなんですがね」

「おやじは警告に耳を貸すような人じゃなかった」

「けっしてね」プルーはグラスを下に置き、考えこみながらじっとそれを見つめた。

「ここ数年、ちょっとお酒が過ぎるようになっていて、それがよかったわけはありませんよ」

「そう思うね」

「地下室へ下りていったのはそのためでしょうよ。彼のあのすばらしいワインの一本を取りにいくため」

「彼は瓶を持ってた？」

「どういうことですか？」プルーは眉をひそめた。

「つまり、ワインを取りにいったんなら、出るときにそれを持ってたはずだろう？

彼が転落したときに、それは割れてしまっただろうけど」

「割れた瓶なんかありませんでしたよ」

「なかった？」

「ええ」

「たしかなんだね？」

「絶対にたしかです。それが重要なんですか？」

「そんなことはないと思うけど」ニックは嘘をついた。内心では、まず間違いなくそれは重要なことだと確信していたが。

「そうですか。わたしがこんなことを言っても気になさらないのならね、ニコラス、お酒に関するかぎり……」

「続けてくれ」

「わたしの立場ではこうしたことを言うべきじゃないんですよ、本当は」

「話してくれたらありがたいんだがね」

「じつはごく最近になって、それまでよりもお酒の量が増えてたんですよ、明らかに。ずっとずっと」

「ほんとう？」

「ええ、ほんとです。わたしならわかるでしょう？　彼は自分で空き瓶を捨てる方じゃありませんでしたから」

ニックはにやっと笑った。「そうだろうな」

「家を売ることについての言い争いのせいだと思いますよ」

「そうか。あなたもそのことを知ってたんだね？」

「いやでも耳に入りますよ。じつを言うと、ハートリーさんが訪ねてきた日、わたしはトレナーにいました。どうやらそれがあのすべての始まりでした。もちろん、そのときに二人がどんな話をしていたのか知りません。わたしにはやるべき仕事がありましたから。でもそのあとで、あなたのお父さんが申し出があったことを話してくれました。売却の話が成立したら、わたしは仕事を奪われることになるだろうから、わたしには知る権利があると言って」

「あのね、プルー、ぼくたちは――」

「ああ、わたしのことは心配しないで、ニコラス。誰かが適正な価格であそこを買いたいと言ってるのなら――しかもそれは、適正な価格を上まわるものだと、あなたのお姉さんから聞きましたよ――あなたがたはそれを承知すべきです。いずれにしても、わたしはそろそろ辞める潮時です。どうしてあなたのお父さんが断固として反対したのかわかりません。でも、彼はハートリーさんを完全に信頼してたとは思えませんね。わたしにはそう言いきれるし、その理由もわかります。だって、彼女にはおかしなところがありましたからね」

「そんなところがあったの？」

「たとえば、彼女があなたに言及したこととか」

「ぼくに言及した？」

「トレナーに訪ねてきたときに」

「彼女がぼくに言及したの——とくにぼくに？」

「帰りぎわにね。二人がドアのところで話しているのを、わたしは台所で聞いてました。ハートリーさんは〝あなたはニコラス・パレオロゴスのお父さまですね？〟と言ったんです。あなたを知っているかのように」

「しかし、彼女は知らなかった」

「ええ。そうなんです。なぜなら、あなたのお父さんがそうだと返事してから、あなたを知ってるのかと訊くと、彼女は〝いいえ、でも、彼について聞いております〟と答えましたから。奇妙だと思いましたよ。とても奇妙だと」

「おやじはどう思ったのかな？」

「彼はどういうことかねと訊ねましたが、彼女は〝たいしたことじゃありません〟とだけ答えて、すぐに出ていきました。あなたもそう認めるんなら、本当にたいしたことじゃないんでしょうよ」

「たぶんね」だがそれは、その朝にニックがついた二つ目の嘘だった。それは重要なことだった。ああ、そうとも、たしかに重要なことだった。

カーグリーンの川べりのパブ、〈スパニアーズ〉で独りでランチを食べていると き、ニックには考えねばならないことがたっぷりとあった。悪天候のために見込み客のほとんどがくるのを諦め、彼がバーを独占していると言ってもいい状態だった。暖炉のかたわらにすわり、窓を打つ雨の音を聞きながら、正確にはいったい何が起こっているんだろうと考えた。エルスペス・ハートリーは自分についてどんなふうに聞いたのか？　自分が彼女について聞いたことがないのはたしかだ。頭に浮かんだただひとつの答えは、彼がどうしても信じたくないものだった。そして、それを信じないですむかどうか探りだすための唯一の方法は――。

ニックの携帯電話が鳴りだし、彼は驚いて飛び上がった。ところが、ポケットから電話機を引っ張りだしてボタンを押したとき、さらに大きな驚きがやってきた。

「ハロー」

「ニック？　エルスペス・ハートリーです」

「エルスペス」はっと彼の心臓の鼓動がとまった。「やあ」

「たった今、アイリーンと話をしたところなの。お父さまのことを聞いて本当にお気の毒だと思って。きっとすごいショックだったでしょうね」

「たしかに」

「心からお悔《く》やみ申し上げます」

そのお悔やみの言葉はいささか古風で、彼女はすでにお悔やみ状を差しだしたのではないか——匿名で——という一瞬の疑惑がニックの心をよぎった。「ありがとう」

「今、話をしてもだいじょうぶかしら？」

「ああ」

「そう、よかった。週末のあいだに、気持ちをひるがえすようお父さまを説得できたかどうか訊ねるために、アイリーンに電話したの。予想もしなかったわ——ほんとに怖ろしい、そんなことが起こるなんて」

「そうだな」

「アイリーンはあまり話せなかったの。客がたくさんいたもので。それで彼女、あなたに電話するように言ったのよ……たぶん、これからどうするかをあなたに訊ねろってことだと思うけど」

「われわれは弁護士に会いにいく。それから、われわれは父親の葬儀に行く」

「ごめんなさい。もちろん、そうよね。あのう、わたしは——」

「ねえ、どうだろう。きょう、弁護士から話を聞いたあとで、あなたと会えないかな？　そのときには、あなたの質問に答えられるはずだよ」

「ええ、いいわよ。すばらしいわ」ニックの口調が変わったのに彼女はほっとしたようだった。「プリマスで？」

「そこにあなたがいるのなら」

「ええ、そうよ。何時が都合いいかしら？」

「六時」

「わたしもそれでいいわ。どこで会います？」

「あなたが決めてくれ」

「オーケー。〈コンプトン〉はご存じ？　マナミードにあるパブだけど」

「知ってるとは言えないな。でも、心配いらない、見つけるから」

「じゃあ、六時に」

「ああ。六時に」


バスクコーム法律事務所は市の中心部の西のはずれにあり、クレッセントのジョージ王朝様式のテラスハウスを歯科医と共有していた。マイケル・パレオロゴスの弁護士のモーリス・バスクコームは、事務所の創設者の孫だった。五十五歳ぐらいに見えたけれど、ニックの計算では、もう六十代にはなっているはずだった。四十代のころとすこしも変わらず、頬の赤い、頭の禿げた、飾り気のない態度の法律家で、有能さと料金の安さを売り物にしており、同じような考えの顧客をひきつけていた。

事務所を優雅にしつらえたり、流行の服装をすることはバスクコームの頭脳活動の範囲にふくまれていなかった。彼は、記憶から消えてしまった遠い昔には見栄えがしたかもしれない、くたびれたスーツを着て、オフィスの天井の傾いた古びた部屋でパレオロゴスのきょうだいを迎えた。集められた必要なだけの椅子は、事務所のありったけの家具を残らずかき集めたように見えた。そして、バスクコームが述べたお悔やみはおざなりに近いものだった。だがこれはこの男の性格なのだと、ニックはひそかに我慢した。おそらくマイケル・パレオロゴスなら、これを大いによしとしただろう。モーリス・バスクコームは、彼が断じて女たらしではないように、事故を商売の種にする弁護士ではなかったのだ。

「ご依頼どおり、警察と検死官には連絡をとりました、ヴァイナーさん」彼はそう告げてアイリーンに頷いた。「安心なさると思いますが、父上の死は疑わしいものとして扱われてはおりません。検死解剖でも不審を抱く理由は生じませんでしたから、ご遺体は現在は葬儀社の管理に移されています。検死官は明日、埋葬許可書をだしますから、あなたがたは望みどおり、すぐに葬儀の準備をすすめられます」

「それでも、検死審問はおこなわれるんですね？」アンドルーが訊いた。

「はい、もちろんです、パレオロゴスさん。ですが、単なる形式です。ひとつだけ実際に重要なことは、それによって父上の財産の最終的な整理が遅れることです」

「どれぐらいですか？」

「検死官のスケジュールによります」

「兄が心配してますのは」アイリーンが説明しはじめた。「あなたもご存じと思いますが……」

「トレナーを買いたいという申し出ですね」バスクコームは、彼の顧客が金銭的な問題が気になるのはもっともだとばかりに、彼らににっこりしてみせた。「充分に理解しております、ヴァイナーさん。しかし、法律というのはせかすのがむずかしいものでしてね。本当なんです、経験から申し上げて。父上の遺言書は明快な文書で、ご存じとは思いますが、彼の財産をあなたがた五人に平等に分配し、彼の息子たちをわたしとともに共同執行人に指名するというものです。彼の経済状況は複雑ではなかったと思います。財産は本質的にはトレナーということになりますが、それには抵当もつけられていませんし、ローンも設定されていません。それ以外は、ささやかな額の貯金です。わたしの見通しでは厄介な問題はありません。それでも、遺言書の検認がすむまで数ヵ月はかかります。しかもそれは、検死官が迅速《じんそく》にことを進めたと仮定しての話で、実情は……」彼の微笑が皮肉な笑みになった。「実情はかならずしもそうではありません」

「まあ」アイリーンが言った。「それじゃあ、どうにもなりませんわね」

「つまり、あの家を売るまで——すくなくとも——数ヵ月は待たねばならないということですか？」アンナが彼女流に事務的に問いただした。

「厳密にはそうです、パレオロゴスさん」バスクコームが答えた。「しかしながら、あなたがたが売却の仮契約を結ばれるのを妨げるものはありません。あなたがたがわたしにそのように指示なされば、わたしが買い手の側の弁護士と話し合って仮契約を結ぶことができます。契約はあなたがたが所有権を手に入れると同時に有効になります。もちろん、そうした取り決めにはあなたがた全員が加わらねばなりませんが、あなたがたはその方法を高く評価なさるに違いないと存じます」

「はい」アイリーンが応じた。「もちろんですわ」

「では、その件については、あなたがたは自分たちで話し合ってからお決めになりたいでしょう。わたしのほうへはちょっとご連絡をいただければ」

「そうします」

「けっこうです。ところで、あとひとつ、申し上げねばならないことがあります。父上が保管されていた資産や金銭出納に関する書類を、すべて見せていただく必要があるのです。銀行の明細書、小切手帳、株券や貯蓄証券、税金の請求書などなど。すべての明細を早急に入手できれば、そのぶんこの件を早く片づけることができます。そのために……」バスクコームはデスクの引き出しのなかをかきまわした。「これをあなたがたに渡すよう警察から依頼されました」彼はそう言って、ひと束の鍵を目の前の吸い取り紙の上に置いた。

それはトレナーの鍵だった。キーリングに通してある真鍮《しんちゅう》のホイッスルを目にしたとたん、ニックにはそうとわかった。それは彼の祖父が第一次大戦中、下級士官だったときにいつもポケットに入れていたホイッスルだった。彼らのなかの一人、おそらくはアンドルーがそれを形見にもらって、そのうち、自分のキーリングに通すだろう。そしていつかは、トムがそれを受け継いで同じことをするだろう。たとえ鍵が——そして、それで開けるドアが——変わろうと、ホイッスルは生き残っていくに違いない。ニックはその考えに慰められた。そうだ、ホイッスルは十中八九、生き残る。そんなふうに、何かがつねに生き残っていくのだ。

ミーティングが終わったあと、彼らはアンナのフラットに場所を移した。彼らの会話はもっぱら実務的な事柄で占められた。葬儀のこと、家のこと、バスクコームが求めた書類のこと。翌朝、ニックとアイリーンとバジルがトレナーへ行って、父親の書類を調べることに意見がまとまった。タントリスの申し出についても、全員がはっきりと合意した。葬儀が片づきしだい、売却の仮契約についてタントリスの弁護士と話し合いを始めてもらうように、バスクコームに頼もうと。

しかしながら、そこには潜在的な意見の相違があるのをニックは感づいていた、そのことに注意を引こうとはしなかったけれど。アンドルーは現在の状況からもっと多額の金がしぼりとれると考えていた。アンナも説得されれば、同じように考えるのではないだろうか。アイリーンはあまりにも几帳面な性格だから、事実上、彼らがすでに承知したことを、いまさら撤回できないと言うだろう。そしてバジルは、そうした考えを不道徳とは言わないまでも、倫理にもとるとして非難するはずだ。そうなれば、どちらの側を採るかはニックに任されることになる。彼は今からもう、選択を迫られるのを恐れていた。

幸いにも、その瞬間がくるのはまだちょっと先だった。間近に迫っているのはエルスペスと会う約束だったから、彼の思考はしだいにそちらへ移っていった。ほかのきょうだいたちにも、そのことを話すべきだとわかっていたが、妙に気が進まなかった。しかし、ついに話さざるを得なくなった。

「ハートリーさんにも何か報告しなければならないわ」アイリーンがその点を指摘した。

「何かはな。だが、あまり喋るな」アンドルーが強い口調で言った。

「彼女はわたしに電話してきたあと、あなたと話をしたの、ニック？」アイリーンが問いかけてきた。

「ああ、うん。じつは……彼女と会うことになってる、えーと、そうだな……」ニックは腕時計に目をやった。「約半時間後に」

「おまえ、そのことを話してもよかったんじゃないのか」アンドルーが陰険な口ぶりで非難した。

「そうよ」アンナも声を合わせた。「話してくれてもよかったのに」

「そのつもりだったよ。ただ……」ニックは微笑した。「彼女に言うべきことについて、みんなの一致した考えが出てくるのを待ってたんだ」

「それで、出てきたのか？」バジルが何食わぬ顔で訊いた。

「できるだけわずかなことしか話さない、それでいいだろう？」ニックが見まわすと、それぞれに強さの異なる同意の頷きが返ってきた。「そうか、そうするよ。実際に話すほうはすっかり彼女に任せるつもりなんだ」

ニックが〈コンプトン〉に着いたときには、まだ雨が降っていた。それはプリマスに特有の、夜の風にあおられ、さまざまに変化する雨だった。時間が早かったから、早くから酒を飲む連中もまだあまり姿を見せていなかった。事実、ニックとエルスペス以外には――彼女はニックが着いたときには、すでに店で待っていた――誰も客はいなかった。

彼女が長くそこで待っていたとは思えなかった、一パイントのビールの三分の一をすでに飲んではいたけれど。ニックは自分にハーフパイントを買い、彼女がすわっている窓側のテーブルに加わった。彼女は午前中に電話で述べたお悔やみをくり返した。

「転落したとアイリーンが言ってたけど。そうなの？　お父さまは階段から落ちたの？」

「セラーの踏み段だよ、実際は」

「それで、頭を打ったの？」

「そうらしい」

「恐ろしいわね」

「そうだな。しかし、足元がおぼつかなくなっていたから、起こりうることだったよ。とにかく、束《つか》の間《ま》の出来事だった」

「あっという間のねえ」

エルスペスの――回顧していると言ってもいい――声の抑揚がニックには奇妙に感じられた。眉をひそめて彼女を見た。「なんだって？」

「あっという間の出来事。あなたが言ったように」

「たしかにショックだった。日曜にはあんなに元気いっぱいだったのに」

「パーティはどんな具合だったの？」

「あまりうまくいかなかった。おやじは……われわれと意見が合わなかった」

「そうだろうと思ったわ」

「もうそれも問題じゃないけど」

「ええ。でもね、ニック、わたしとしては、お父さまが元気でいらして、あなたがたが彼を説得できたのならずっとよかったのにと思ってる。そのことはわかってもらわないと。誰も――タントリスさんをふくめ――こんなふうに事態が進展するのを喜んだりしないわ」

「あなたはタントリスに会ったことはないはずだが」

「ないわ。でも、わたしの知るかぎりでは――」

「どの程度なんだね、それは？」

エルスペスはちょっと黙りこんで彼を見つめ、それから答えた。「わたしはお父さまのことを本当に残念だと思ってるのよ」

「それはどうも」

「何かあったの？」

「わからないんだ」

「バスクコームさんはなんと言ったのかしら？」

「ああ、何もかもきちんとしてて問題ないって。われわれ五人が共同であの家を相続する。葬儀がすっかり片づいたら、われわれはバスクコームに頼んで、タントリスの弁護士と連絡をとってもらうよ」

「よかった」彼女はビールを飲み、グラスの縁ごしに彼を見つめた。「それで、わからないって、何が？」

ニックはおずおず笑みを浮かべた。「あなたが」

「わたしが？」

「そうだ」

彼女はグラスを下に置いて、彼に視線をすえた。「どういうこと？」

「土曜日よりまえに会ったことがあるのかな？」

「いいえ。ないわよ、もちろん。あなただってそのことはわかってるでしょう」

「ああ。だがそれなら、どうして父にぼくのことを訊ねたんだね？　つまり、とくにぼくのことを」

「まあ、彼がそのことを話したの？」エルスペスの視線がはぐらかすように宙にそらされた。「話さないだろうと思ってたわ、なんとなく」

「あなたの思ったとおりだよ。父の家政婦のプルーがあなたたちの会話を小耳にはさんで、ぼくに話してくれたんだ」

「彼に訊ねるべきじゃなかったわ」彼女は片手を髪にすべらせた。「あれはあの場のはずみみたいなものだったのよ」

「じゃあ、何がはずみだったんだね？」

「あの場にそんなものがあるわけない、そう言うんでしょう？」

「あるとは思えない」

「けど、いずれにしてもあなたには答えがわかってるはずだわ」

「いや、わからない」

「わたし、あそこにいたのよ、ニック。ケンブリッジに、一九七九年の卒業式の日に」彼女は微笑んだ。「あなたに会っても、見分けることはできなかったでしょうね。でも、あなたの名前が記憶に残ってたの」

「あそこにいた？」

「母といっしょに兄が文学士号をもらうのを見にいったの。もちろん、彼はあなたよりすこし年上よ」

「あそこにいた？」ニックはぼんやりくり返した。

「そうなの」

「まいったな」

「そんなにひどいことじゃないわ」

「いや、そうだよ。そのことを忘れようとして懸命に努力してきた。必死で。ものすごく長いあいだ」

「思いださせて悪かったわ」

「まったくだ。思いださせてほしくなかったね」

それは控えめな言葉で表現できるかぎりの嫌味だった。ニックは、以前はほかの人たちの助けを借りて、最近は自分なりに注意ぶかくすこしずつ工夫をかさねて、昔の神童ニコラス・パレオロゴスという存在に抵抗できる力をつけてきた。早くから高い学力を身につけ、限りない期待を背負って十六歳でケンブリッジに進学した学問の天才は、結局はそのコースを歩みつづけることができず、兄のバジルを見習うことになった。実際には、病気診断書を提出して病気であることが認められたおかげで、学位を取得して大学を卒業することはできたが。けれども、彼が卒業式当日に評議員会館にやってきて、式の最中に議場に押し入り、衣服を脱いで裸になることがわかっていたら、大学当局も彼の学位については考え直したかもしれない。ありがたいことにニックには、その日の自分の行動についての、それに、その前後のかなりの日々についての記憶がなかった。グランチェスターの近くのどこかで、小舟から飛び下りて岸まで歩いて渡り、落日に向かってあてどなく野原を歩いていったこと。現実から引き離されていた長い月日のあいだに、そして、ふたたびゆっくりと現実に馴染んでいったもっと長い年月のあいだに、意識のなかの記憶が彼を連れ戻せたのはそこまでだった。彼は完全に回復したわけではなかった。更生したアルコール中毒者のように、病に屈して以後どんなに年月が経とうと、苦悩の種を内に抱えていた。自分がもっとも傷つくのは、その記憶をつつかれることなのだと彼は思った。

「お兄さんは何を学んだの？」沈黙がどれぐらい続いたのかはっきりしないまま、ニックは関係のない質問をした。

「天然資源経済」

「ほんと？」

「ええ、ほんとよ。あれが起こったとき——あなたの卒業式の日の振る舞いのことだけど——わたしは大声で笑ったわ。あれはわたしを喜ばせた。あのときまでにかなり退屈してしまってたから——アーミン毛皮のフードをかぶった人たちの行列ばかりで。そのあとで、新聞であなたに関する記事を読んだとき——」

「〝オクスフォードでの珍事〟だろう？」

「見出しは憶えてないわ」

「そうか。だが、そうなってた」

「わかったわ。じつはね、あれは悲しかったなと思ったの」

「悲しくておかしい。それがぴったりだな」

「何があったの、ニック？」

「新聞に書いてあっただろう？」

「〝若すぎたためにプレッシャーに耐えられなかった〟だいたいはそんなことだったわ」

「それがほぼ真実だ。それが潜在的な社会病質人格によって悪化した。ぼくを治療した精神科医の一人によると、そういうことだ」

「それはどういうことなの？」

「つまり、ぼくは社会的にうまく機能できないってことだ。つまり、ぼくの過度の知的発達は、ぼくの不十分な情緒発達をカモフラージュするものだった――ってことらしい」ニックは笑みを浮かべてみせたが、彼をとらえているあまりにもお馴染みの緊張をやわらげることはできなかった。「代わりにぼくの父の台詞《せりふ》を引用することもできる。〝おまえは怖気づいたんだ〟」

「どうなったの、あなたは……あのあと？」

「精神病院。共同社会のなかでの介護というのが、当時のサッチャーのただひとつの思いつきだったから、われわれ抑圧された社会病質者にたいしても同様だった。じつのところは、ぼくに実際に何が起こったのかを訊ねるには、ぼくは適切な人間じゃない。〝正気を失う〟というのは、文字どおりそういうことなんだから」

「でも、あなたはそれを乗り越えたわ」

「そのようだ」

「今は何をしてるの？　アイリーンはある種の特殊法人で働いてると言ってたけど」

「イングリッシュ・パートナーシップス。都市再建とかそういったことだ」

「どこにあるの？」

「ミルトン・キーンズ。まだ興味ある？」

「仕事は楽しい？」

「答えをだすのは早すぎる」

「どれぐらいそこで働いてるの？」

「八年」

エルスペスは笑った。「明らかに社会病質者は、ユーモアとそりが合わないわけじゃないのね」

「ぼくが冗談を言ってるなんて誰が言った？」

「わかった」彼女は心得顔でニックを見た。「話題を変えましょう。イスタンブールについてはどの程度知ってるの？」

「行ったことはない」

「あなたはパレオロゴスの一員よ。だのに、イスタンブールへ行ったことがないの？」

「パレオロゴスはぼくの名前にすぎないさ」

「そこの歴史には心を動かされないの？」

「気にしないようにしてる」

「むだな努力、わたしならそう言ったはずだわ。歴史はわたしたちの一部なのよ、それを好もうが好むまいが。どうしてわたしがここへやってきたのか、どうしてタントリスがトレナーを売ってほしいと申し出る気になったのか、考えてみてよ。歴史こそが、わたしたちがここにすわって話し合っている理由なのよ」

「歴史はあなたの職業だ、エルスペス。それがあなたに影響をおよぼすのは当然だ。それに、ぼくの父の死にたいするあなたの気持ちに。あなたは丁重にお悔やみを言ってくれたが、〝最後の審判の窓〟の捜索をあなたが楽しみに待っていることはわかってる。そう、このおかげで捜索がかなり近づいただろうよ」

「わたしには関係ないわ。わたしは手を引くことにしたから」

「なんだって？」

「わたしはトレナーでの捜索にはかかわらない。タントリスさんは誰か代わりの人を見つけなきゃならないでしょうね」

「理解できないよ」

「わたしは調査は引き受けたわ。でも実地活動には参加しないことにしたの。それだけよ」

「どうして？」

「調査はわたしの得意分野だから、ほかのところでわたしを待ってるものがどっさりあるのよ。わたしの仕事は事実を見つけだし、あなたのお父さまを説得することだった。最初の仕事はちゃんとやったわ。二番目の仕事は……悲しいことに、もう必要なくなった。あなたがたの弁護士がタントリスの弁護士と話し合って、交渉を始めればいいわ。わたしはブリストルへ戻ることにする。ティルダにとってはいい報せだわ。彼女はわたしを招くことには二の足を踏んでたんだと思うの——」

「ティルダって誰なんだ？」

「わたしの学生のころからの友達。プリマスで博物館の館長をしてるわ。わたしは彼女の家に泊めてもらってるの。今週の終わりまでということになってたんだけど、こうした状況だから……出発を早めることに決めたわ」

「いつに？」

「あす」彼女はにやっとゆがんだ笑みをニックに向けた。「だから、これがお別れの一杯ってわけね。お代わりはどう?」

7

ニックにとって、どちらのほうがより大きなショックだったのかわからなかった。自分がケンブリッジで神経衰弱におちいったことをエルスペスが知っていたことなのか、それとも、自分たちの家族とタントリスとの取引から彼女が突然、手を引いたことなのか。どちらの件についても、もっとくわしく彼女に質問すべきだった。ニックは彼女の兄を知っていたのだろうか？　同輩の学生のなかにハートリーという男がいたことは記憶になかった。とはいえ、彼のそのころの記憶はあまりにも断片的で、あてにはならなかった。それに、どうしてエルスペスは、〝最後の審判の窓〟の発見が発見者に与えるあらゆる学術的栄誉を手にするチャンスを、みすみす逃そうとするのか？　予備調査をおこなった者には誰も関心を寄せないだろう。純粋にキャリアという面にかぎっても、彼女の決心は筋が通らなかった。

実際のところは、自衛という根源的な本能が彼を押しとどめたのだった。自分の過去についてなるたけ話さないことが、現在にうまく対処できる方法だった。それに、父の死と関わりのある理由で、エルスペスが手を引こうとしている可能性と向き合いたくなかった。知りすぎることへの恐れは、知らなすぎることへの恐れとバランスがとれていた。そして、バランスのとれた状態こそが望ましいものだった。

アイリーンと彼がトレナーで書類探しをするのに加わるために、バジルがプリマスからバスでやってきてから、ようやくニックは二人に、エルスペスが自分たちと手を切って去ってしまうことを告げた。アイリーンは戸惑《とまど》ったものの、それはたいしたことではないと考えた。「長い目で見たら、それは彼女にとっての損失だと思うけど、そんなことはべつにわたしたちが心配することじゃないでしょう？」一方、バジルのほうは、それは心配することかもしれないと懐疑的な考えにかたむいた。「そんな話を信じるのか？」彼女が説明したことをニックが報告すると、彼はそう問いかけてきた。それにたいしてニックは「どうして彼女が嘘をつくんだ？」としか答えられなかった。

「本当にどうしてかな？」バジルは彼に兄らしい眼差しを投げてから、静かに意見を口にした。「嘘をつく動機のひとつは、その本当の目的を隠すためだ」

ニックもそれを――口にだして言うつもりはなかったけれど――認めざるを得なかった。

きのうの雨は、晴れた空がのぞいたり、ときおり雨がぱらついたりといった天候に変わり、春のような穏やかさがランダルフに広がっていた。葉を落とした木立からは、溝や排水管のなかを流れるごぼごぼという水音よりもひときわ高く、小鳥たちの囀《さえず》りが聞こえてくる。

穏やかな天候にもかかわらず、トレナーは湿っぽくて冷え冷えしていた。家は二日間、暖房で暖められていなかった。とはいえ、警官や葬儀屋の泥だらけの足跡が証明しているように、訪れる人がなかったわけではない。

ニックとバジルとアイリーンはセラーの階段の上に立ち、父親が死んでいた場所を見おろした。そこにはなんの痕跡もなく、彼らの目を正確な場所に引き寄せるものは何もなかった。埃まみれの六十ワットの電球の光が、コンクリートの踏み段や木の手すりを照らし、グレーのペンキを塗った床から鈍く反射して、棚に並んでいる、強引に値切って手に入れたクラレット（ボルドー産の赤ワイン）の瓶の首をかすかにきらめかせている。

「話をした警官の名前はなんというの、アイリーン？」ニックが訊ねた。

「ワイズ巡査。彼はクラウンヒルに常駐してるわ」

「瓶のことを彼に訊ねるべきだろうな」

「なんの瓶だね？」バジルが訊いた。

「ニックは、父さんが落ちたときに瓶を落としたはずだと考えてるのよ」アイリーンがそう答えてため息をついた。「彼はそれが頭から離れないの」

「プルーは瓶はなかったと言ってる」

「ワイズ巡査だって、瓶のことなんかひと言も言わなかったわ」アイリーンが応酬した。「それなのに、どうしてそんなにこだわるの?」

「だっておやじはワインの瓶を取りに下りていったんだよ。そのことははっきりわかってる。わからないのは、どうして彼が瓶を持たずに出ようとしたかってことだ」

「たぶん、おやじは気が変わったんだろう」バジルが言った。「電話が鳴ったのかもしれんし、何かを思いだしたのかもしれん」

「そのとおりよ」アイリーンが賛成した。「あなたがワイズ巡査と話をする理由はまったくないわ、ニック。状況を問いただされたら、彼は混乱するだけよ」

「そして混乱というのは、おれたちが警察に押しつけたい状態ではない」バジルがぶつぶつ小声で言った。「それはたちまち疑惑に変わりかねないからな」

アイリーンがじろっと二人をにらみつけてから言った。「あなたたち、バスクコームが必要としてる書類を捜し始めたらどうなの? そのあいだにわたしは暖房をつけて、家のなかにずかずか踏みこまれてひどく汚れてるところに掃除機をかけるわ。わたしたちにはやらなきゃならない仕事があるのよ。いいわね?」

ニックとバジルは熱意はなかったものの、仕事にとりかかった。書斎は父の聖域で、思索にふける場所であると同時に避難所だった。存命中に、息子たちがデスクの引きだしやファイル・キャビネットをくまなく探しているのを見つけたら、おやじは脳卒中をおこしただろう。死んでからも脳卒中をおこすことが可能なら、彼はおこすに違いないとニックは思った。

デスクの引きだしのひとつがロックされているとわかり、彼らは最初からいきづまってしまった。ロックされていない引きだしには文房具だけが入っていたから、まず鍵を見つけねばならないのは明白だった。バジルが鍵を探しはじめ、そのあいだにニックはファイル・キャビネットを調べていった。すぐに銀行の明細書と領収書の束が見つかった。それを取りだして脇に置いた。彼にわかるかぎりでは、残りのスペースはあらかた、学問上の往復文書——父親が書いた記事、あるいは、彼がおこなった調査や遠征に関して、さまざまな考古学の雑誌や機関と交わした手紙——で占められている。もちろん、そのほとんどははるか昔のものだったが、マイケル・パレオロゴスはあまりにも長いあいだ、過去を回想することに人生を捧げてきたために、自分が持っている記録を捨てられなかったのだ。

それがニックが粘り強く探しつづけた理由だった。彼が探していたのは、彼にとって財政上の記録よりも重要なものであり、それが見つかるはずだと彼は考えていた。本当なら、コンピューターのほうへ移動して、そこに入っているファイルを調べるべきだったが、父が現代科学技術に転向したのは比較的最近のことだったから、彼の探しているものはそれよりずっと古い時代の記録のなかにあるはずだった。それに、デスクの鍵を見つけるためにバジルは今は書斎の外へ探しにいっていたから、目下《もっか》のところはニックが部屋を独占していた。壁に掛けられた数枚の写真のひとつから、この部屋の以前の持ち主がにらみつける厳しい眼差しをなんとか避けようとしながら、ニックは作業を押し進めた。

キャビネットのいちばん下の引きだしのなかでそれを見つけた。フォルダーの上の端に色褪せた黒のフェルトペンでニックの名前が記されている、ぶ厚いマニラ紙のファイル。彼はフォルダーを持ち上げてデスクにのせ、不安に駆られながら中身を繰っていった。恐れていたとおり、そこにはそのすべてが入っていた。彼がいた大学、ならびに、彼が送られた病院と交わされた手紙。彼の神経衰弱と、そのあとの五年間におよぶ治療の跡をたどることができた。彼の精神科医からの、かなりの数の領収書もあった。

だがそれらは、バスクコームが見る必要のない金銭支出の書類だった。ニックはフォルダーを閉じると、前かがみになって、表紙に両手を押しつけながらぎゅっと目を閉じ、どっと襲いかかってくる記憶に身をすくめた。やがて発作は通り過ぎていった。それは一時期、彼がしばしば経験した感覚だったが、今ではほぼ完全に乗り越えられたと思っていた。愚かにも、もうけっして再発しないだろうと考えていた。だが父が亡くなったあと、たとえエルスペスから何気ない刺激を受けなくても、それはかならず起こるはずだったのだ。彼は目を開け、フォルダーの中身が入る大きい封筒を見つけようとして、ロックされていないデスクの引きだしを開いた。これはほかの者の手に渡らないように、自分が持ち去らねばならない。

あわてていたので、思わず引きだしをぐいといっぱいに引いてしまった。そのはずみで、たくさんのペーパークリップや、ゴム輪や、鉛筆や、ばらばらになった煙草や、さまざまな封筒などが前に寄ってしまい、引きだしの後ろのほうが空っぽになった。けれども、引きだしの底に貼りつけた、黒い絶縁テープの短いきれっぱしだけがそこに残っているのがニックの目にとまった。その下に何かが入っている。手を伸ばして小さなふくらみを指で撫《な》でた。それがなんであるか、はっきりと感触でわかった。鍵だ。

親指の爪でテープをはがし、鍵をつまみ上げてロックされた引きだしの鍵穴に差しこんだ。一回ぐるっとまわすとロックがはずれた。ニックは父のすりきれた古い革の回転椅子にゆっくり腰をおろして、引きだしを開けた。

なかにはひとつだけ物が入っていた。大きな白い封筒。父親の筆跡で〝遺言書〟という文字が記されている。ニックは封筒を取り上げた。ふたは折ってあったが、封はしてなかった。ふたを開いて中身を引っぱりだした。入っていたのは紙切れが一枚だけだ。それはたしかに父の遺言だった。けれども、バスクコームに預けられたものとは違っていた。そして、こちらのほうがずっと最近の日付になっている。

文書は手書きで、簡潔だが合法的な書式で記されており、じつに衝撃的な内容だった。


これは私ことマイケル・パレオロゴス（住所、コーンウォール、ランダルフ、トレナー）の遺言書であり、私はこれを二〇〇一年一月十五日に作成し、それによって、これ以前に準備されたすべての遺言書を無効とするものである。

その結果、私は私の親類であるデメトリウス・アンドロニコス・パレオロゴス（住所、イタリア、ヴェネツィア、サンポロ三二五〇、パラッツォ・ファルチェット）を私のこの遺言の単独執行者に指名する。

私は私が所有する家屋、前記のコーンウォール、ランダルフにあるトレナー、および、家の中身のすべてを、私の親類である前記のデメトリウス・アンドロニコス・パレオロゴスに無条件で贈与する。

私は残りの私の不動産と動産を私の子どもたちに等分に贈与する。

ニックは身じろぎもせず、それらの言葉を見つめていた。彼の父がこれを書いた。そのことに疑問の余地はなかった。父はその下に自分の名前を署名している。二人の立会人の署名もあった。

同席したわれわれ両名の面前において遺言者は署名し、われわれ両名も遺言者の要請により、彼の面前、ならびに、たがいの面前において、それぞれの名前を立会人としてこの文書に記す。

フレデリック・デーヴィー（住所、コーンウォール、ティンタジェル、ブッチャーズ・ロー三）、引退した採石工。

マーガレット・デーヴィー（住所、コーンウォール、ティンタジェル、ブッチャーズ・ロー三）、主婦。

ニックは親類のデメトリウスについて、それに、引退した採石工のフレッド・デーヴィーとその妻について、聞いたことがなかった。二人とも彼の知らない人間だった。それでも、この遺言書が有効かつ本物であるのなら——たしかにそうであるように見える――そうした知らない人間の一人が今ではトレナーの合法的所有者なのだ。

「トレナーでの鍵の紛失は、ガザ（サムソンが愛人デリアにだまされてペリシテ人に目をくりぬかれた町）で目を失うことよりはずっとまし、ってわけにもいかないんだが」バジルがそう言いながら書斎に戻ってきた。

「しかし、そんなもの、おれたちの――」彼ははっと言葉を切った。デスクの向こうでじっと動かないニックの姿勢が彼の注意を引いたのだ。「何かあったのか？」

「鍵を見つけた」ニックが答えた。

「すばらしい」

「これを読んだら、そうは思わないだろうよ」彼は遺言書をかざした。

バジルがデスクのほうへ歩いてきて、弟の手から紙切れを取った。彼が読んでいるとき、太陽が雲の陰に隠れて窓の向こうの陽射しが翳《かげ》り、部屋がふいに暗がりに包まれたように思われた。

「驚いたな、これは」読みおえると、バジルはそう言った。

「どうする？」ニックが訊いた。

「どうするかって？」バジルはにっこりした。「もちろん、アイリーンに訊ねるさ」

家のどこかで掃除機がうなり声をとどろかせている。「彼女を連れてくるよ」

バジルは遺言書を吸い取り紙の上に落とし、急いで部屋から出ていった。ニックはその場にすわりこんだまま、父の手書きのカッパープレート書体の曲線や直線を見つめていた。そのときふいに、自分の名前が記されている古びたフォルダーがデスクの上に、彼のすぐ左側にのっているのが目にとまった。束の間《つかのま》、それをどうすればいいかわからなかった。わかるのは、何をしようにもほとんど時間がないということだけ。ぱっと立ち上がって、フォルダーをもとのキャビネットのところへ持っていき、そこの隙間に投げこんだ。そのとき、静かになっているのに気づいた。掃除機の音がやんでいた。

そのあとすぐにアイリーンがばたばたと部屋に駆けこんできて、バジルがその二、三メートル後ろからついてきた。「遺言書がどうのって、なんのこと？」彼女は詰問するような口調で言った。

「自分で見てごらんよ」ニックが紙切れを渡した。

二、三秒で、アイリーンは自分が手にしているものの重要性を理解した。その数秒のうちに、彼女の顔つきが苛立ちから恐怖と怒りの中間あたりの表情に変わるのをニックは見守った。

「バスクコームが持ってる遺言書は、母さんが死んでから数ヵ月後の日付よ。これは……ずっと最近のものね。まさに……先週の日付だわ」

「そうなんだ」バジルが頷《うなず》いた。

「有効なの？」

「たしか、遺言者と二人の立会人の署名だけがあればいいはずだよ。そこにはちゃんとそれがある。それが偽造文書でないのも明白だ。したがって姉さんの質問にたいする答えは、間違いなくイエスだ」

「でもこれは弁護士によって作成されたものじゃないわ」

「そんな必要はないんだよ」

「親類のデメトリウスなんて聞いたことないわ」

「ぼくもだよ」ニックもそう認めた。

「それは三人とも同じだ」バジルが言った。「三人とも彼について聞いたことはない。これまで」

「それにこの人たちは何者?」アイリーンが続けた。「デーヴィー夫妻についても聞いたことはないわ」

「いずれわかるさ」

「〝残りの私の不動産と動産〟それはどれぐらいになるのかしら?」

「トレナーを除けば、ごくわずかだよ」

「信じられないわ、こんなこと」だがアイリーンの真意は、信じたくないということだった。「どうして父さんはわたしたちにこんなことするのよ?」

「この家をタントリスに売らせないためだ」ニックが答えた。

「それに、むりやり彼に売らせようとしたことにたいして、おれたちを懲らしめるためだ」バジルが結論をくだした。「おれたちが説得して彼にやらせたことといったら……相続権を取り上げられることだったようだな」

「そう思うの？」アイリーンは、なんとかしてその内容を消してしまえないかとばかりに、遺言書をにらみつけた。「じゃあ、そのことについて考えてみましょうよ」

「いったい何を考えてるんだ、アイリーン？」ニックが訊いた。

「これは手書きよ。だからコピーはないわ。それに弁護士も関わっていない。生きている人間でこの遺言書が存在することを知っているのは、わたしたち三人とデーヴィー夫妻だけだわ。そしてデーヴィー夫妻は、これに何が書いてあるのか、それすら知らないかもしれない」

「姉さんが示唆してると思われることだが、本気でそんなことを言ってるのかね？」バジルが質《ただ》した。

「わたしが何を示唆してると思うの？」

「じつにけしからんことだよ。それに、ほかには誰も知らないとどうして言い切れるんだ？　おやじは自分の意向について、おそらく親類のデメトリウスに知らせてるよ」

「でも、デメトリウスはここにはいないわ。わたしたちはここにいる。遺言書もこうしてここにあるのよ」

「それでも――」

「アンドルーとアンナに電話するわ」もうアイリーンはかなり落ち着きを取り戻していることがニックにはわかった。ショックを乗りこえ、すでに反撃の準備にとりかかっている。「家族会議を開くべき状況だと思うの」彼女は遺言書をデスクのニックの前に戻した。「話し合わねばならないことがたっぷりある……わたしたちが何かやるまえに」


午後の半ばまではアンナの勤務時間が終わらなかったし、アンドルーも夕暮れまでは外で農場の仕事をやっていると思われたから、アイリーンが開くことに決めた会議は、夕方にならないと無理なようだった。彼女は〈オールド・フェリー・イン〉でランチタイムの営業を始めるためにソールタッシュへ戻ったが、そのあとはモイラとロビーに彼女の代わりをつとめてもらうように手配できると考えていた。ニックは独りになった短い時間を利用して、自分の神経衰弱のファイルの中身を封筒につめこんで車へ持っていった。そのあと、バジルといっしょに歩いてカーグリーンへ向かった。彼らはプルーを訪ね、いつでも彼女が望むときに、トレナーの掃除の仕事を再開してもらっていいからと告げることになっていた。

言うまでもなく、彼らの訪問には隠された動機があった。それは、遺言書に記してある日付、一月十五日の父親の行動に関する情報をプルーから聞きだすことだった。十五日はごく最近の、先週の月曜日だったから、ティンタジェルのデーヴィー夫妻が訪ねてきたことを、プルーは充分憶えているはずだった。

ところが、彼らは訪ねてこなかったというのだ。その週の雇い主の行動を振り返ってみてくれ、そうすれば、彼が飲みすぎだった徴候が明らかになるかもしれないからと、二人に促されたプルーは、自信をもって、家族以外の訪問客はなかったが、彼は月曜日だけ外出したと話した……つまり、十五日だけ。

「彼はわたしがあそこに着いたあとまもなく出ていって、私が帰る時間までに戻ってきませんでした。彼はどこへ行くとも言いませんでしたが、それはいつものことでした。結局のところ、それはわたしには関係のないことでしたから」

「それなら」〈スパニアーズ〉へ場所を移してから、バジルが論理的に筋の通った推理をした。「デーヴィー夫妻に立会人になってもらうために、おやじは遺言書をティンタジェルへ持っていったということになる。彼らは内容については知らないかもしれないというアイリーンの考えは、今ではいっそうありそうもないことに思えるよ」

「それにしても、デーヴィー夫妻というのは何者なんだろう、バジル？」

「わからない。おやじは昔、休暇中にしょっちゅうおれたちをティンタジェルへ連れていっただろう？」

「うむ。ぼくたちがやりたかったのは廃墟を這いまわることだけだったのに、考古学について長々と講釈を聞かされたよ」

「そうだったな。だが、そうした講釈のなかにフレッド・デーヴィーという採石工が出てきた記憶がないんだ。彼は発掘現場で雇われてたと考えられないか？　採石というのは似たような仕事だよ」

「三〇年代にってこと？　それなら、彼はすくなくともおやじと同年代だ。もっと年上かもしれない」

「そうだ」バジルは自分のりんご酒に目をすえて考えこんだ。「同世代だよ。親類のデメトリウスと同様に」

「おじいさんは家系にとり憑《つ》かれてた。それなのに、どうしてデメトリウスのことを知らなかったんだろう？　彼にとっても親類だったはずなのに、そうだろう？」

「おじいさんは一人っ子だったから、甥はいなかった。しかし、おじさんたちはいた。その一人がデメトリウスの祖父だったのかな。それとも、彼はもっと遠い親類かもしれない。誰にもわからんよ」

「明らかにおやじにはわかってた。どうしておやじは彼のことをぼくたちに話さなかったんだろう？」

「たぶん最近になって彼のことを知ったんだ」

「それを知ってひどく驚き、感動のあまり家を彼に残そうと決心した？　それじゃ筋がとおらないよ」

「だがな、筋はとおってたんだ、ニック。ああ、たしかだとも。おやじにとっては、りっぱに筋がとおってたんだ。問題は〝どんな理由があるのか？〟ってことだ」

だが今は、もっと差し迫った問題があった。昼過ぎの淡い陽射しを浴びながらトレナーに向かって小道を歩いていたとき、バジルがその問題を持ちだした。

「遺言書をおれたちはどうすることになるのかな？　アイリーンが考えてることはわかってるだろう、ニック？」

「そう思うけど」

「あの家を謎のヴェネツィアの親類に渡さずにすむのなら――その結果、タントリスと交渉して、できるだけ多額の代金を払わせることができるのなら――アンドルーとアンナは彼女が提案するどんなことにでも賛成するだろう」

「遺言書を見つけなかったふりをすることが、そのための唯一の方法だよ」

「そのとおりだ。そして、証拠を消してしまうことが、そうしたふりを続けるための唯一の方法だ」

「〝じつにけしからんこと〟と言ったのはそういうこと？」

「ほかにどう言うんだよ？　単に〝倫理にもとること〟かな？　それとも、そこまでもいかないのかな？」

ニックはため息をつき、生垣の向こうの野原ごしに林のほうへ目をやった。そこではしゃがれ声のミヤマガラスが、葉を落とした木立の枝のあいだでカアカア鳴いたり、羽ばたいたりしている。「わからないよ、バジル。それが正直な、役にも立たない本音だ。ぼくにはまったくわからない、ぼくたちはどうすべきか。または、ぼくたちがどうすることになるのか。それだけなら最悪ってわけでもないだろうが、ただ、ぼくにはわかってるんだよ——」

背後で車の警笛が鳴り、二人が振り返ると、アンドルーのランドローヴァーがこちらに向かって小道を走ってくるのが見えた。「やれやれ」バジルが言った。「思ったより早く、おれの予想が正しいかどうか判明することになりそうだ」

アンドルーは近づきながらフロントガラスごしに彼らに手を振り、にこにこ笑った。「上機嫌のようだな」ニックが言った。

「長くは続かないさ」

「ああ。そうだろうね」

アンドルーは彼らを車に乗せて、トレナーまでの残りの道を走った。彼はアイリーンから連絡をもらったのではなく、単に書類捜しの進み具合を見るためにカーウェザーからやってきたのだった。だがトムからは、週末にこちらへくるという連絡を受けとっていて、そのことで明らかに安堵《あんど》している様子だった。

ところが、二人が遺言書のことを話したとたん、彼の安堵は強い不信にとってかわった。そして実際にそれを目にすると、父親にどうしてこんなことができたのかと、いちだんと不信の念が募ったようだった。そして、父にたいして……。

「ひねくれた、策謀《さくぼう》的な、裏切り者のじじいめ。日曜日にはあいつはここにすわって、おれたちにはけっしてチャンスが手に入らないよう、できるだけの手を打ったことを承知のうえで、おまえたちはチャンスをつかみしだい売り払ってしまう気だとかなんとか、あんな皮肉な嫌味を口にしてたんだ。この親類のデメトリウスというのはいったい何者なんだ？」

「わからないよ」ニックが答えた。

「じゃあ、この立会人――デーヴィー夫妻は？」

「それもわからない」

「なんでおやじはこんなことがやれたんだ？　どういう理由でこんなことを？」

「それはあまりにも明白だと思うがな」バジルが言った。

「ああ。おれもそう思う。だがな、こんなことがうまくいくわけはないんだ」

「そうだろうか？」

「もちろん、絶対にうまくいくもんか。こんな紙切れにおれたちの邪魔をさせる？　まさかおまえ、本気でそう言ってるんじゃないだろうな？」

「それはただの紙切れではすまないものだよ」

「たぶんおまえにはな、バジル。おれに言わせれば、おやじは策略を誤った。銀行の貸金庫にこれを入れとくか、バスクコームのオフィスの金庫に預かってもらうべきだった。ところが、おやじはそうしなかった。おれたちが見つけるようにここに置いてあった。だから今こうして、おれたちの手に入ったんだ。だからこれをどうするかは、ほかの誰でもなく、おれたちに任されてるってわけだ」

「提案があるのか？」

「ああ、あるとも。それがどんなものか、おまえたちにもわかってるはずだと思うがな」

「おれにいい考えがあるんだ」

「このことに関して、おれに道徳を振りかざすような真似はするなよ、バジル。ともかくやめとけ」

「アイリーンはもうすこしすればここへ戻ってくるんだ」ニックは時間稼ぎをしよう

とした。「アンナには彼女の勤務が終わりしだい電話する。そうすれば、みんなが集まって、この状況について話し合えるよ」

「いいだろう」アンドルーが応じた。「話し合おう。おれはかまわん。だが、おれはけっして――絶対に――こんなものに降伏しないってことを、おまえたち二人は今ここで承知しといたほうがいい」彼は紙切れを手のなかでくるっとまわして、半分に引き裂こうとするかのように、両手の人差し指と親指でつまんだ。彼のにらむような眼差しがバジルからニックに移り、またバジルに戻った。抗議するならしてみろと彼は二人に挑んでいるように見えた。二人とも何も言わなかった。それから彼は紙切れをデスクに落とした。「ともかく、みんなの言い分を聞こう。そのあとで、このいまいましいやつを燃やしてしまおう。親類のデメトリウスなんて知ったことか。オーケー？」

「ただ、ぼくにはわかってるんだよ、どんなふうにしたところで、ぼくたちは後悔するに決まってると」それが、小道でアンドルーが彼らに警笛を鳴らしたとき、ニックがバジルに言おうとしていたことだった。午後が経過するにつれ、その確信はゆっくりと彼のなかに根づいていった。父親のもっとも最近の遺言書に従えば、彼らは終生、自分たちはどうして父の気まぐれにあんなに従順だったのかと悔やむだろう。かといって、それを破棄すれば、彼の遺贈財産がもたらす別の苦いつけを彼らは背負《せお》うことになるのだ。おやじはこんなジレンマをわざと子どもたちに残したのではないかという疑念を、ニックは振り払うことができなかった。きっぱりとした、だがけっして簡単ではない選択を、彼は子どもたちに迫ったのではないか、しかも、子どもたちの選択する道が彼にははっきりわかっていたのではないか、という疑念を。

ついにその時間がきたとき、この問題について知らされたのが、ほかのきょうだいたちより遅かったにもかかわらず、もっとも明確な主張をしたのはアンナだった。
「これをバスクコームのところへ持っていけば、彼にはこれに従うしか、ほかに選択肢はないでしょうよ。わたしたちは異議申し立てをできるかもしれないし、できないかもしれない。たとえできたとしても、結局は負けてしまって、そのためにかかった多額の裁判費用の請求書以外、何も手に入らないかもしれないのよ。これはわたしたちの家、わたしたちのうちだわ。父さんはこれをおじいさんから相続し、今度はわたしたちがこれを相続する番よ。父さんには、わたしたちが会ったこともない、ずっと所在のわからなかった親類にこれを残す権利は——道徳的に見てってことだけど——ないと思うわ。わたしたちは以前の遺言に従うべきよ。これは破棄しなければ。たとえデーヴィー夫妻が——あるいは、親類のデメトリウスが——ここに書いてあることを知っているとしても、父さんがこれを書いたあと、自分で破棄してしまったかどうか、彼らには確かめられっこないのよ。これをここに置いてあったという事実が、父さんは考え直したのではないかという疑念を起こさせるわ。だから、その疑念をわたしたちに有利に解釈しましょうよ」

アンナの話に耳をかたむけながら、きょうだいたちの表情を観察していたとき、たしかにニックの心には疑念があった。アイリーンは完全に冷静に見えたが、それにはなんの意味もないとわかっていた。アンドルーの額によった深いしわと、こわばった顎が、より正確に実情を語っていた。バジルはというと、目がすっかり陰になってしまうほど椅子に深くもたれていて、みんながそちらのほうへ誘導しようとしている決断から、すでにほとんど身を引いていた。暖炉の火がちらちら光り、明かりにはぶ厚い笠がかけられているこの部屋には、まわりに思い出がひしめいていた。わずか三日前には父親もそこにすわっていた、子どもたちの主張をあざわらい、子どもたちの業績を軽蔑しながら。アンナの言うとおりだった。おやじはやりすぎてしまった。けれどもニックを悩ませていたのは、自分たちも同じ過《あやま》ちを犯そうとしているという思いだった。

「わたしはアンナに賛成よ」アイリーンが言った。「それに、父さんが本気でこれをやりとおすつもりだったとは思えないわ。相続権を取り上げると言ってわたしたちを脅し、自分が本気だと納得させるためにこの書類を使うつもりだったんじゃないかしら」

それは筋のとおった理屈だと、ニックも認めねばならなかった。だが彼はそれを信じていなかったし、アイリーンだって信じていないはずだった。父親ははったりをかけたことはなかった。脅したことはかならず実行した。

「おやじが本気だったにしろ、そうじゃなかったにしろ、そんなことはどうでもいい」アンドルーがうなるような声で言った。「アンナがそのことをはっきり指摘した。おやじにはこんなことをする権利はない。遺言書さえなくなってしまったら、誰も何も証明できないんだ。おれたちがやるべきことははっきりしてる。何をぐずぐずしてるのか、おれにはわからんよ」

全員が意見を述べるべきだった。彼らがぐずぐずしているのは、もちろん、そのためだった。ニックはそわそわ咳払いをして、頭に浮かんだただひとつの主張を表現する言葉を懸命に捜した。〝われわれは金が欲しい。だから、それを手に入れようとしてるだけだ〟いや、それではだめだ。それは誰も聞きたくないことだった。代わりに彼が口にできたことといったら――そして、言わねばならなかったことといったら――「ぼくも賛成だ」のふた言だけだった。

「遺言書を破棄すべきだってことに？」そう問いただしたアイリーンの口調は穏やか

だったものの、強要的だった。

「そうだ」

「バジルは？」

「ああ」バジルはそう言って、体を起こした。「おれの番なんだね？」

「さっさとやれよ」アンドルーが文句を言った。

「そうはいかないよ」バジルはそう応じて兄を横目で見た。「やめるように忠告するつもりはない。おれはすでに、この家の売却金の分け前は辞退するとはっきり言ってある」

「ああ。おまえはたしかに潔白《けっぱく》な男だよ」

「お願い、アンドルー」アイリーンが割りこんだ。「彼に話をさせて」

「オーケー、オーケー」アンドルーはふざけて片手を上げて降参した。

「たしかおれの聞いたところでは」バジルが続けた。「ニクソン大統領の助言者たちが彼のところへやってきて、ダメージを受けるような事柄がマスコミに洩れたと報告すると、彼はいつも、彼の政府に不利なその特定の事柄が事実なのか、それとも虚偽なのかと訊ねるのではなく、それは否定可能かどうか訊ねたということだ。そこで、ニクソンのやり方を適用すると、遺言書の破棄は否定可能か？　その答えは明らかにイエスだ」

「それはあなたも賛成ってこと?」アンナが訊いた。

「それを発見した状況を考えれば、破棄することもやむを得ないと考えるってことだ」

「このことをはっきりさせておかねばならないわ」アイリーンが言った。「これを実行してしまったら、引き返す道はないのよ。わたしたちは親類のデメトリウスや、デーヴィー夫妻のことは聞いたこともないってふりをしなければならない。遺言書が存在したことは忘れなければならない。わたしはこのことについてはいっさいローラに話さないし、あなたもトムに何も言ってはならないのよ、アンドルー。それにあなたはザックにね、アンナ。今も……これからもずっと」

「承知した」

「実際にわたしたちみんなが、誰にもひと言も言ってはならないのよ」同意の頷きが返ってきた、不承不承だったとはいえ、バジルからも。「すべてをきっぱりと終わりにするの、いいわね?」またもや、ひとわたりの頷き。「じゃあ、これで決着よ」

「よし」アンドルーがそう言って、ぱっと立ち上がると、封筒に戻されていた遺言書をコーヒーテーブルからつかみ上げた。「これは最年長者としてのおれの特権だろう」

彼は封筒とその中身を引き裂き、二歩で暖炉に近づくと、炎をあげている薪《まき》のあいだにそれを投げこみ、速く燃え尽きるように体をかがめて火かき棒で数回つついた。紙はくるっとよじれて黒くなり、炎をあげて……燃え尽きた。

「これで気分がすっとしたか？」兄が向きを変えて暖炉から離れたとき、バジルが問いかけた。

アンドルーがぞっとする笑みを浮かべた。「ああ、かなり」

8

アイリーンは彼ら全員がとるべき方針をはっきり示した。そのあとの二日のあいだに葬儀の最終的な手はずがととのえられ、墓石が注文された。バスクコームは彼らが集めた金銭の出入りに関する書類を受け取り、故人となった彼の顧客の唯一の遺言書だと彼が信じている遺言書に、引き延ばされていた検認を受ける手続きに取りかかった。葬儀に出席する人々を確認するために、ニックはさまざまな父の友人や以前の同僚に電話をかけた。死がもたらす事務的なこまごました雑用で彼はずっと多忙だった、とはいえ、彼が望むのであれば、死者にひそかに別れを告げるために、葬儀室を訪れる時間を見つけられないほど多忙ではなかった。

だが彼は望まなかった。出かけてはいかなかった。父親は現在とどまっている死と埋葬の中間の場所から、ニックを威嚇《いかく》しつづけた。子どもたちは父の死後、平然と彼を無視した。だが父のほうも、自分が死んだあとで子どもたちをやっつける方法を見つけていたのだろうか？　それとも、彼がデスクの引きだしに残した遺言書は、ただのぞっとする冗談、最後の笑いを自らに約束する方法だったのか？　それについて話すことを禁じられているせいもあって、なおさらニックはそのことを考えつづけずにはいられなかった。

それでも、彼の神経はもちこたえていた。葬儀までは歯を食いしばって自分の役割を果たさねばならない。それがすめば解放される。退屈で正常な彼のもうひとつの人生が元気づけるように手招きしている。もうまもなく、そこに戻れるのだ。

その間に、彼はローラに部屋を明け渡すために〈オールド・フェリー・イン〉から引っ越して、トレナーで数日間、暮らさねばならなくなった。その見通しは楽しいものではなかったから、できるだけそこで過ごす時間がすくなくてすむように、こっそり計画を練った。金曜日に彼はわずかな持ち物を車に積んでソールタッシュを出発した。

プルーが彼の昔の部屋にベッドをととのえていて、彼が到着したときには彼女はまだ家にいた。彼は不自然ではない程度に、できるだけ長く彼女を引きとめて、お茶を飲みながらおしゃべりをしたが、午後の半ばには彼女も帰ってしまった。

そのあとまもなく、ほとんど気まぐれでニックも家を出て、雨に洗われた裏道を通り、リスカードに向かって車を西へ走らせた。そこで葬儀のために安売りの黒のネクタイを買ってから、さらに西のセント・ネオトへと小道づたいに車を走らせた。

教会は開いていたが、彼がただ一人の訪問者だった。雲におおわれた冬空から射しこむ光線はステンドグラスによって温められ、金色に輝くように見えた。彼は南の側廊の信徒席にすわり、前方の内陣障壁の向こうの〝天地創造の窓〟をじっと眺めた。これやそのほかの窓は――おそらくは〝最後の審判の窓〟も――五世紀の年月に耐えてきたのだ。何世代にもわたる教区民が――富める者も貧しい者も、ときには個人的にかなりの危険を冒してまでも――ステンドグラスを守ってきた。彼らの誰一人、利益を得るためにそうしたのではなかった。信仰と芸術的感性があいまって、彼らを動かしたのだ。それに引き換え、セント・ネオトのステンドグラスの不思議な歴史に彼の家族が巻きこまれた動機は、打算的で卑《いや》しいものだったと思われる。彼らはそこから利益を得たいと望んでいる。その望みを確実にするために、厳粛に作成された遺言書を焼却してしまった。それによって、彼らはそれぞれの見返りを手に入れることになる、ニックも望もうが望むまいが彼らとともに。

まもなく夕暮れになるので戸締まりをしたいと教区委員にせっつかれ、ニックは立ち去ることを余儀なくされた。しだいにはげしくなる横なぐりの雨のなかを、彼はゆっくりとランダルフへ戻っていった。トレナーに帰り着いたとき、家の真っ暗で無人のたたずまいが、その豊かな過去とは対照的な哀れな現実に思われるのだった。錯綜《さくそう》する記憶を押し分けながら家のなかに入って、すべての部屋の明かりをつけると、母親のマリア・カラスのＣＤの一枚をハイファイ装置にセットし、大きくボリュームを上げた。

プルーが、ニックは自分では料理できないと明らかに信じこんでいて、オーヴンに入れるようにキャセロール料理を用意してくれていた。それをオーヴンに入れてから応接間の暖炉をたきつけたが、煙突のなかのヒューヒューという風のうなりを聞くうちに、心ならずも、四半世紀ぐらいまえに父親が煙突に通風管をすえつけたとき、自分がぶきっちょにそれを手伝ったことを思いだした。その瞬間には、それはまるで昨日のことのように感じられた——二人で屋根に危なっかしげに乗っかって、父親が彼にがみがみ指示を与えるのを、母親は下の庭から心配そうに見守っていた。

暖炉が燃えつくと、ワインはないかと台所や流し場を捜しまわったが、むだだった。ある意味ではそれは意外ではなかった。父親は明らかにワインを取りに地下室へ下りていったという彼の説を、実際にそれが裏づけたから。おやじが亡くなって以来、セラーへ下りていったことはなかった。そろそろその境界を越える潮時だとニックは心を決めた。

セラーは静まりかえっていて、壁と床にグレーの石材用のペンキが一面に塗られているために、そこはまるで船体のように見えた。貯蔵所のほとんどのスペースはワイン用のラックで占められていて、ラックにはマイケル・パレオロゴスの選んだヴィンテージ・ワインのストックが保管されていた。ストックが以前より減っているのにニックは気づいた。おやじは彼に定められている死の接近を計算しながら、すこしずつストックを減らしていったのだ。ニックはそう考えて、思わず微笑を洩らした。それは実際、父親の気質を典型的にあらわしていたから。彼は生きているあいだに飲めないだろうワインに金を使いたくなかったのだ、とはいえ、ほかのものにだって金を使いそうもなかったが。

ニックやほかの誰かが、父親から励まされるほどの目利きの徴候を示したことはなかった。ニックとバジルは子どものころに、瓶がラックから落ちて割れてしまう事件を引き起こしたために、それ以後はセラーに立ち入ることさえ禁じられてしまった。そのときに父親が激怒して口走った〝六一年のサンテミリオンが二人の少年の愚かさの犠牲になった〟という言葉が、そののち、彼らのあいだでしばしば交わされるキャッチフレーズになった。

それを思いだしたときにも、ニックは思わず微笑を洩らした。その破損事件は、突き当たりの壁と最後のラックのあいだの狭い隙間に彼が隠れようとしたために起こった。かくれんぼ遊びをしていたときのことで、その最後のラックは片面だけのラックだった。その隙間が実際にどんなに狭かったか思いだそうとして、彼はラックに沿って歩いていった。

だが、そこに隙間はなかった。ラックは壁にきっちり押しつけられている。ネズミより大きなものがそこに潜りこむことはできなかった。ニックは戸惑いを覚えた。おやじといえど、いつもはそこまで用心ぶかくなかった。そのとき、ラックの底の近くに数個の白い斑点《はんてん》があるのに気づいた。視線を落とすと、床の塗料が何ヵ所かはがれているのだとわかった。ラックを引っ張って壁から離したかのように、床の表面にカーヴした溝が何本もついている。

ニックはもっとよく見るためにしゃがみこんだ。そうだ、たしかにそれが考えられるただひとつの説明だ。それも、最近に引っ張られた擦りきずだ。はがれたペンキの断片がまだあたりに落ちている。しかし、誰がラックを動かしたのだ？　父親としか考えられなかった。彼が死んだ夜にここへ下りてきた理由はそれだったのか？　なぜ彼が瓶を持たずにここから出たのかは、すくなくともそれで説明がつく。それでも、まだほかに多くの説明のつかないことが残っている。

「ニック？」

背後の頭上でアンドルーの声がして、ニックはぎょっとして跳びあがった。立ち上がって振り返ると、踏み段を下りてくる兄の姿が見えた。微笑としかめっ面が混じり合った表情が浮かんでいる。

「おれたちの相続を祝っていっぱいやる気なのか？」

「やれやれ、もうちょっとで心臓発作を起こすところだよ」胸がどきどきしているのがわかり、ニックは文句を言った。「玄関のベルを鳴らせばいいじゃないか」

「鳴らしたよ。でも返事がなかったから入ってきた。ここだとベルが聞こえないんだよ」

「そうらしいな」

「おまえがだいじょうぶか様子をみようと思ったんだ。昔のうちやらなんやらに囲まれて、独りぼっちで過ごす最初の夜だからな。台所でなんかいいにおいがしてたぞ」

「ブルーが用意してくれたキャセロール料理だ」

「おれたちがここのワインをオークションにかけて、儲けをみんなで分けるまえに、おまえはその料理をシャトーラフィットで流しこもうって魂胆だな？」

「そのとおり。兄さんはぼくの犯行現場をおさえたってわけだ」

「気にするな。おれにも一本もらって、その件はもう言いっこなしだ」アンドルーはニックが立っているところへ近づいてきた。「だが、ほんとのとこ、こっちの端のほうは全部白だぞ」

「これはなんだと思う？」ニックは床の擦りきずを指さした。

アンドルーは視線を落として、それからニックを見上げた。「おまえはなんだと思う？」

「誰かがラックを動かしたんだ」

「そうだな。そう思う」

「おやじかな？」

「ほかに誰がいる？」

「独りで？」

「二人いれば、床に擦りきずをつけなくても、持ち上げることができたさ」

「なんでおやじはこれを動かしたかったんだろう？」

「知るもんか」

「以前はこんなふうに壁にぴったり押しつけられてなかったよ」

「そうなのか？」

「絶対に間違いない」

「それなら、二重の謎だな」アンドルーは頭のなかでそのことをじっくり考えながら、あたりを見まわした。「とにかく、このことは忘れるとするか？」

「忘れられそうもないよ」

アンドルーはにやりとした。「おれもだ」

彼らは隣のラックの空いている隙間に瓶を移した。空っぽのラックは扱いにくかったものの、たいして重くなかった。彼らはあまり苦労もせず、壁からラックを引き離した。セラーの隅の埃とクモの巣のなかに不吉なものはあらわれなかった、ラックの投げかける影のなかで見分けられるかぎりでは。影のなかに重大なものが隠れていないか調べるために、アンドルーが流し場から懐中電灯を取ってきた。その疑問にたいする答えは、最初の一瞥《いちべつ》では〝隠れていない〟だと思われた。

が、すぐに、ニックはあることを目にとめた。平らな床の表面に平坦ではない部分がある。顔を近づけてよく見ると、つぶした畝《うね》のようなぎざぎざの二本の線だった。壁から直角に伸びていて、その二本の線をつなぐ三本目の線が壁ぞいに走っている。ずっとそこにあったのかどうか彼にもアンドルーにもわからなかった。なかったのではないかと疑ったが、彼らの疑いにさして意味があるわけでもなかった。彼らはもっとはっきり見えるように、できるだけ遠くへラックを移動させた。

すると四番目の線があらわれた。壁と平行に走る外側の線で、これによって縦およそ百八十センチ、横九十センチの長方形ができあがった。疑いが強まった。ニックはラックと壁のあいだにできた隙間に踏みこんで、床の長方形の部分に沿って歩いてみた。その上を踏むと、何か違っている感じがした。彼にはそれがなんであるか言えなかったが、たしかに違っていた。

「そこにハンマーはあるかい？」アンドルーの後ろの壁に取りつけてある、壁とほぼ同じ長さの棚をニックは指さした。空の瓶や、予備の電球や、誰も何が入ってるのか知らない忘れられた箱などといっしょに、さまざまな道具がそこにしまってあった。

「ああ」いつのころからのものともわからぬ、木の握りのついた、背が半円形のハンマーをアンドルーは取り上げた。

「それを渡してくれるか？」アンドルーが渡した。ニックはしゃがんで、怪しい部分を取り囲む線の両側の床を数回、叩いた。「こっち側のほうが……堅くない響きがする」

「堅くない？　なかが空洞ってことか？」

「たぶん」

「そんなことはあり得ない。ここの下ががらんどうだったなんて」

「でも、今はそんな音がするよ。それに、ここのまわりのこの線は、どういうことなんだ？」

「おまえが言えよ」

「そうだな、当てずっぽうだけど、誰かが穴を掘って、そこに石板をのせ、セメントでそれを埋めてから、その上にペンキを塗ったんだと思う」

「そのあとラックをその上に押しやって、それを隠した」

「たしかにそんなふうに見えるよ」

アンドルーもハンマーで叩いてみた。彼は頷いた。「おまえが正しいかもしれん」

「こんなことをしたのはおやじに違いないよ」

「そうだろうな。いつ、だと思う？」

「ラックが動かされたときだ」

「さあな。それはおまえが決められるようなことじゃないだろう？　この二十年のあいだのいつでもいいわけだ」

「おやじが……掘ってたの憶えてる？」

「いいや」

「だが、こんなことをしたのはおやじに違いない。それとも、誰かを呼んでやらせたのかな？」

「その返事も同じだ、ニック。憶えてない。いずれにしても、おやじはどうしてここに穴を掘りたかったんだろう？」

「何かを……隠すためだ」

「ああ。そうだよ。何かを隠すためだ」

だが何を？　それは彼らがいくら考えても答えのでない疑問だった。二人は一階へ戻り、おやじのスコッチをめいめいが注いだ。ニックは急に食欲がなくなり、オーヴンのスイッチを切った。それから彼とアンドルーは暖炉のかたわらに腰をおろした。

「なんとも奇妙だな」二人ともしばらく黙って考えこんでから、アンドルーが言った。「どう考えたらいいのかわからん」

「たぶん、きょうだいの誰かがどういうことか知ってるよ」

「それは疑わしいな。ペンキを上に塗ってラックで隠したんだぞ。おやじは誰にも知られたくなかったんだ」

「おやじ自身が知ってたのは間違いないかな？」

「もちろんだ。あれはずっとあそこにあったわけじゃない。おやじが掘ったか――それとも、ほかの者に掘らせたんだ。だが、理由はわかりっこない。あそこにはいったい何があるんだろう？」

「穴だけじゃない。もっと何かがあるよ」

「きっとな」アンドルーは笑った。「トンネルかもしれんぞ。緊急脱出口」

「妙だな。この家に何かが隠されてるとエルスペス・ハートリーは考えてる。そして今、隠し場所を見つけた。偶然の符合だろうか？」

「そうに決まってるさ。セラーがもともとあったものかどうかさえはっきりしない。いずれにしても、十七世紀にあそこに何かを隠したなんてことはありっこない」

「だが今は、あそこに何かが隠されてる」

周知の、父親の一筋縄ではいかない思考経路を思い起こし、アンドルーの目が細くなった。「あれが窓だとは考えられないか、ニック？　おやじが見つけて、あそこに隠したとは？」

「おやじがどうしてそんなことをするんだ？」

「おれたちを困らせるためだ、おそらく」

「あの穴は先週掘られたものじゃないよ。それに、おやじが体力的にそんな仕事にかかわれなくなってから、もうずいぶんになるはずだ」

「誰かを雇ってやらせることはできたさ」

ニックはため息をついた。「これじゃ堂々巡りだよ」

「いつまでもってわけじゃない。タントリスがこの家を手に入れたら、あの穴も開けられる」

「たしかに。けれども、セント・ネオトの〝最後の審判の窓〟があそこで見つかるとは思わないよ」

「おれもだ」アンドルーがいたずらっぽく、にやりと笑った。「だがな、なんで待たねばならないんだ、はっきり突きとめるのを？」

アンドルーは納屋からその仕事に必要と思われる道具を持ってきた。大ハンマー、のみ、かなてこ、シャベル。この段階になると彼をやめさせることはできなかった、ニックがどんなにやめさせたいと思っても。何かをするまえにはじっくり考えるべきだと、本能がニックに告げていた。だが、アンドルーはもう考えられる状態ではなかった。それに、彼は父が残した謎を解くためだけに、こんな行動に駆り立てられているのではないとニックは悟った。それ以上かもしれない動機があった。それは数十年ぶんの恨みや、欺《あざむ》かれた怒りだった。おやじがいなくなった今、アンドルーは自由にその両方を解決できるのだ。

「おやじはおれたちを完全にだめにしたよな？」ニックといっしょに道具をセラーに運びおろしているとき、タイミングをはかったかのようにアンドルーが思いを口にした。「まあ、アイリーンとアンナはそうじゃないかもしれん。だが、おまえとおれとバジルはそうだよな？　息子たちにたいしてはご立派な方針があったってわけだ、おやじには」

「ぼくはもうずっと以前に、ぼくの問題をおやじのせいにするのはやめたんだ」ニックが言った。

「いいことだよ、おまえにとって。だがな、それでおやじが責任を免れたことにはならんさ」

「たぶんね。ただ、すべての責任をおやじに負わせることがどんな役に立つのか、ぼくにはわからない」

「役に立つような気がするな」アンドルーはセーターを脱ぎ、シャツの袖をまくり上げた。「そして、これがさらに役に立つかもしれんぞ」彼が石板の上にしゃがみ、のみでそこを叩くと、ペンキがすこしはがれて、下の石の表面があらわれた。「脈斑岩《みゃくはんがん》のようだ。がつんと一回やれば、うまくいくはずだ」そう言うと、彼は立ち上がって大ハンマーをつかんで振り上げた。

結局、一回がつんとやったのでは充分でなかった。石板から破片が飛び散り、金属製の空っぽのラックに当たって跳ね返り、ニックをかすめて部屋の向こうへ飛んでいった。三回目でようやく石の裂ける大きな音がした。アンドルーが手をとめ、ニックが懐中電灯を持って近づくと、石板の中央にぎざぎざの線が走っているのが見えた。

「うまくいったな」アンドルーはそう言って、後ろにさがり、裂け目に狙いをつけた。

今度は石板が割れて、大きな塊が下に落ち、もうひとつの塊が傾いてぶら下がった。アンドルーが大ハンマーの片端でその塊をぐいと引き上げた。それが下へ落ちてしまうと、直径三十センチぐらいのぎざぎざの穴があらわれた。

「懐中電灯を渡してくれ」

ところが、アンドルーが受けとろうとして向きを変えたとき、石板にあいた穴から飛びだしてくるコバエの大群を目にして、ニックは驚いて後ずさりした。同時に強烈な悪臭が襲いかかった、ただのかび臭い空気の臭いではなく、もっとずっとひどい悪臭が。

「ちくしょう」アンドルーもコバエを目にし、臭いにむせて咳きこんだ。「いったい何が……」

ニックはいやいやながら、夏の夕方にユスリカの群れをかきわけていくように、コバエをかきわけながら前方へ進んだ。石板の穴に懐中電灯を向けると、見えたのは……骸骨の胸郭《きょうかく》だった。

「たまげたよ」アンドルーがつぶやいた。「あれは、そんなふうに見えるものに間違いないよな？」

「間違いであるよう願うよ」

「のいてくれ」アンドルーは大ハンマーをわきに投げ、かなてこを取り上げた。「なかにあるものをはっきり見てみよう」

彼はかなてこを穴の向こう側の石板の下に差しこんで、ぐいと持ち上げた。石板が持ち上がるにつれ、縁のセメントがばらばら砕け落ちた。ニックは兄の横から首を伸ばして、下のスペースを懐中電灯で照らした。

するとそこには、胸郭の向こうに紛れもなく人間の頭蓋骨があり、空っぽの眼窩《がんか》から彼らをにらんでいた。骨や、まだこびりついている肉の脂肪の上をコバエが這いまわったり、飛びまわったりしている。

しかしながら、ニックが思わず「おう、これは！」とつぶやいたのは、そんなコバエを目にしたからではなかった。左の眼窩の二、三センチ上の骨に、大きな穴があいていた。ニックの心には一点の疑念もなかった。彼らが見ているのは、自然死で世を去った人間の遺骸ではなかった。

9

死体は丁重にと言ってもいいほど慎重に埋葬されていた。そのことは、それが横たえられた穴の内側に板が張られていることからも明白だった。地面に穴を掘るだけなら、もっと手っ取り早く、簡単だっただろう。だが、この秘められた埋葬には細心の心くばりのようなものが感じられ、そのためにいっそう謎が深まるのだった。

ニックとアンドルーは、父親がずっとガレージにしまってあった防水布でこわれた石板を覆い、空っぽのラックをその上に戻した。それからセラーを出て、ドアに錠をおろした。

「おやじがあの錠をドアに取りつけたのは、バジルとぼくがあそこへ下りていって、騒ぎを起こさないようにするためだった」頭が混乱し途方にくれながら、やらねばならない作業をやっていたあいだじゅう続いていた沈黙を、ニックが破った。「そのころは隠すものなんかなかったよ」

最初、アンドルーは応えようとしなかった。彼は先にたって応接間へ引き返し、暖炉にもう一本薪を投げこんでから、二人にたっぷりスコッチを注いだ。彼は自分のウィスキーを飲みながらマントルピースに寄りかかったが、その上には、一九八九年の両親のルビー婚記念日に撮った、金めっきの額縁入りの写真が飾ってあった。魅力的な田舎の家族の家。そこの玄関ポーチで誇らしげにポーズをとっている、満ち足りた老年カップル。絵に描いたように月並みな映像だ。「そんなころから、あれはあそこにあったと思うのか？」額縁にタンブラーの縁をこつこつ打ちつけながらアンドルーが問いかけた。「おふくろはそのことを知ってたんだろうか？」

「それはどうかな」

「だが、目につかないようにやるのはすごくむずかしいぞ。死体をセラーに埋めるのは。もちろん、そのまえにまず、気の毒な男を死体にしなければならんのだから」

「ぼくたちには何があったのかわからないんだよ」

「しかし、なんで彼が死んだのかはわかる。頭の穴だ。彼が事故であの傷を受けたとは考えられない」

「ぼくは病理学者じゃないよ、アンドルー。兄さんもだ。あれが男かどうかさえわからない」

「あのコバエはどこからきたのかな？　どうやってあそこへ入ったんだろう？」

「ぼくたちは昆虫学者でもないんだ。セラーに人間の遺体がある。はっきりしてるのはそれだけだよ」

「かならずしもそうじゃない。こんな発見をした場合は警察に届けることになってる。そのことだってはっきりしてるさ。そうすれば、彼らが専門家を呼んで、性別、年齢、死因、死亡時期——そういったことをすべて明らかにする」

「そのとおりだ」

「じゃあ、おれたちはそうすべきだと思うのか?」

「思うよ」

「ほんとに?」アンドルーはマントルピースからぐいと体を引き離すと、ニックの向かいのアームチェアにどさっと腰をおろした。「とにかく、そのことをよく話し合おう。警察がうじゃうじゃやってきて嗅ぎまわるのはこの家だけじゃないんだぞ。おやじの過去も——おれたち家族の過去もだ。骸骨さんが誰であるにせよ、誰かが彼を殺した。警察は誰が犯人だと指摘するかな? そこにどんな逃げ道も見つからん。おやじが第一容疑者にされてしまう。おやじはもういないから、警察はおれたちに苛酷《かこく》な取り調べをおこなうだろう。おれたちは共犯容疑者にすらされちまうかもしれない」

「そんなことはばかげてるよ。あそこにあると知っていたら、死骸を掘りだして通報したりしないさ」

「そうとも、しないよな? タントリスの魅力的な高額の申し出が目の前にあるというのにな? 真剣に考えろよ、ニック。彼らは考えつくかぎりの邪悪で汚い推理をひとつひとつ、あらゆる角度から調べるんだぞ。それにマスコミのこともある。ジャーナリストがおれの門にはりつき、おまえの玄関ベルを鳴らす。おまえが〝ノーコメント〟と言うよりまえに、彼らはケンブリッジでの有名なおまえの五分間を、文書保管所から引っ張りだしてくるだろう」

「まさか」しかし、そう応じながらも、ニックはアンドルーの言葉が正しいと感じていた。自分たちは際限のない事態の発端のところにいるのだ。「うむ、わかった。たぶんそんなふうになるだろう。でも――」

「そしてタントリスのことはどうなる？ 彼のような金持ちの隠遁者は、大衆ゴシップ紙の見出しで殺人という文字を見るだけで怯《おび》えてしまうだろう。警察の捜査は間違いなく売却の妨げになる。完全にだめにされちまうかもしれん」

「そうだな。そうかもしれない。とはいえ、ほかにどんな選択肢があるんだよ、アンドルー？ 言ってくれ」

「おれたちは……」アンドルーは体を前にのりだして声をひそめた、誰に盗み聞きされると心配しているのかわからなかったが。「もう一度、あれを覆い隠すことができる。何も知らなかったふりをして」

「そうやって、タントリスが雇った連中にあれを発見させるのか？」

「そうだ」

「そうすれば、彼らが警察を呼ぶだろう」

「しかし、こっちはすでに家の代金を受け取ったあとだ」

「そんなことをして、石板が最近とり替えられたことに警察が気づいたら――ぼくは気づくと思うが――こっちにとってさらに悪い事態になってしまうよ」

「わかった」アンドルーはいらいらして椅子の腕をばしっと叩いた。「簡単な答えはない。それは認める。おれたちの父親は殺人者の烙印《らくいん》を押されそうだ。たしかにおやじは殺人者だったように見える、とはいえ、誰を――そして、どんな理由で――殺したのかは見当もつかん」

「殺人だったかどうかもわからないよ。自衛行為だったのかもしれない」

「ああ。そうかもしれん。おれは喜んでそう信じるよ。しかし、法律もそうだろうか？　そうは思えん。おれたちが実際にあったと知っていることよりも、ずっといやな個人的な事柄が、世間が注目するなかで洗いだされていくだろう。しかもそれは何ヵ月も続くんだ、もしかしたら何年も。彼らに真相を突きとめることはできないだろう。なにしろ、骨の塊のなかにどれだけの証拠があるというんだ？　このことはおれたちに一生、ついてまわる未解決の謎になりかねん。おやじはおれたちを騙してトレナーを取り上げることには失敗したようだが、けどなんとか――」アンドルーははっと言葉を切った。そうか、わかったぞ、という渋い表情がゆっくり彼の顔をよぎった。「待てよ。これが、おやじが遺言書を書き換えた理由だったのかな?」

「おそらく」だがニックには、すでにべつの考えが浮かんでいた。「たしかにこれで説明がつくよ、おやじが家を売ることを拒否した理由が」

「ああ。売るわけにいかなかったんだ、そうだろう? どんな値段だろうと。とりわけ、隠し場所を捜すために、徹底的に家を調べたいと思っている者には。おれたちより分別があるだのなんだのといった、あのすべてのたわごとは、自分を守る手段にすぎなかったんだ」

「タントリスの申し出は、おやじにとってすごいショックだったに違いないよ」

「たった今、おれたちが受けたすごいショックほどではなかったさ。おやじは死骸があそこにあることを知っていた。自分が置いたんだからな。そして、そのままにしておけると考えてた。ところが、そうはいかなくなると悟った。おれたちがタントリスに家を売るだろうとわかったから。それはつまり、あれが発見されるってことだ。おやじは殺人者として記憶されたくなかった。何より自分の評判が大切だったもんな」

「たぶん、おやじはぼくたちのことを考えたんだよ」

「だから、おれたちから相続権を取り上げることにした? けっこうな推測だな、ニック。だが、そんなもの役に立つもんか。これがおやじのすべてだった」

「兄さんが正しいのなら――」

「ああ、正しいとも」

「それならおやじには、親類のデメトリウスは家を売らないという確信があったってことだ。そうでなければ、発見される危険は同じくらい大きいわけだから」

「くそっ、たしかにそうだ。デメトリウスは家を売らないだろう。どうしてなんだ？」

「頭に浮かぶ答えはひとつしかない。デメトリウスは死体のことを知っていて……」

「ちくしょう」

「あそこに死体を置く手助けまでしたのかもしれない」

「なんてこった」アンドルーはゆっくり椅子に背中をあずけた。「何者だろう、このデメトリウスというのは？」

ニックは頭を振った。「わからんよ」

「彼のことはどうすればいいかな？」

「ぼくたちにできることは何もない。遺言書を焼却したことを認めないかぎり、彼のことを警察に告げるわけにはいかないんだから」ニックはため息をついた。「遺言書は殺人捜査で重要な証拠になり得たかもしれない」

「それをおれたちは暖炉にくべた」

「そうだ」

「ああ、おれがそうした」

「みんなが同意したんだ」

「やさしいな、そう言ってくれるとは、ニック」

「本当のことだよ」たしかにそれは事実だった、ニックとしてはそうしたくなかったが。とはいえ。すべての行為には結果がともなう。予想どおりの結果になるとはかぎらないが。「ぼくたちはうまくやりおおすことができると思ったんだ」

「まだやれるさ」アンドルーの目がかっと大きくなり、ふたたび体をのりだした。「わからないか、ニック？　おれたちが警察へ行こうが、タントリスにことを任せようが、違いはない。どっちにしても、おれたちはおしまいだ」

「いいや、そんなことはないよ。今、警察へ行くほうが危険がすくないに決まってる」

「金をべつにすればな。タントリスが怖気《おじけ》づいたら、どこでべつの家の買い手を見つけるんだ？　殺人となると新聞は売れるが、家はそうはいかない。おれには自分の分け前がいるんだ、ニック。おまえはそうじゃないだろう。それに、バジルも分け前はいらないと言ってる。だが、おれには必要なんだ。だから、戦いもせずに諦めるつもりはない。おれに関するかぎり、警察へ行くなんて危険は冒すわけにいかんのだ」

「ぼくたちはあのセラーにあるものを無視することはできないんだよ、アンドルー」

「無視すると言ってるんじゃない」

「じゃあ、どうすると言ってるんだ？」

「死体を取りのぞくことができる。どこかに捨てるんだ」

「捨てる？」

「コーンウォールには古い鉱山の立坑がいくらでもある」

「本気じゃないだろう」

「どうしてだよ？　男二人で簡単にやれる仕事だろうが。死体は腐って骨になってるから、たいして重くない。そうした鉱山の立坑は危険な場所だ。二年前にも、立坑のひとつがキット・ヒルの駐車場の下で崩れた。穴のなかを捜しまわるやつなんかいないさ」

「それはたしかなんだね？」

「ああ、かなりたしかだ。だがいずれにしても、一年かそこら経ってから骸骨が見つかったところで、それがどうだっていうんだ？　それをおれたちに結びつけるものは何もないんだからな」

「最初に投げ捨てるところを見られなかったならね」

「見られるもんか。よせよ、ニック。ムーアで暗くなってから？　見られる可能性は何千分の一だ。おれがどんなに長いあいだ、なんの成果もあげられずに必死でビッグ・キャットを追跡してきたか考えてみろ」

心ならずも、しかも彼自身がひどく驚いたことには、ニックはせせら笑いを洩らした。

「何がそんなにおかしい？」

「ごめん。ただね……ビッグ・キャットについておやじが言ったことを憶えてるだろう？　〝おまえに必要なのは骸骨だ。はっきり認知できる残骸だ〟そう、それがまさしくぼくたちが手に入れたものだ。あまりにもはっきりと認知できる残骸」

「冗談のつもりだったんだろう」

「それなら、その冗談はぼくたちの場合に当てはまる」

「おれたちが警察へ行って協力する場合にはな。しかし、残骸は捨てるのが正解だ。おれにはそう請け合える」

「でも、ぼくにはわからないよ」

「おまえは世間に知られたり、注目を集めたり、噂が広まったり、後ろ指を指されたりすることを本気で望んでるのか？　おれたちはそれから逃げることはできないんだぞ」

「もちろん、そんなことは望んでないよ」

「それなら、おまえの兄の忠告にしたがえ」

「兄さんは本当にそんなことをやりとおす気なの？」

「もちろん」

「バジルや姉さんたちには？」

「彼らを心配させる必要はない」

「話さないってこと？」

「おれたちにはあまり時間がないんだ。ローラはあした、トムはあさって、やってくることになってる。幸いおれたちには、すばやく簡単にこれを解決するチャンスがある。せっかくのチャンスをふいにしないようにしようぜ。また家族会議を開く必要はない。ほかの者は知らなきゃ悩まないですむんだ。おまえとおれで問題を解決できるさ。力を合わせればな」

「そうだな、でも――」

「おれの頼みを断らないでくれ、ニック」暖炉の明かりごしに弟を見つめたとき、アンドルーの眼差しにはまさしく必死の色があった。「おれはおまえにあまり頼みごとをしたことはない。何かを懇願したこともない。だが、今はこうして頼んでる。おれにはおまえの助けが必要なんだ」

アンドルーはその夜をトレナーで過ごした。たとえそうせざるを得ないほどウィスキーを飲んでいなかったとしても、彼はやはり泊まっていっただろうとニックは思った。彼らがセラーで発見したものについて、アンドルーはある種の決断に到達し、弟をそれに従わせようと決心していた。ニックはというと、どんな決断をしたところで、あれやこれや考え合わせると、それは誤った決断になるだろうと恐れていた。なにしろ彼らの知らないことが多すぎた。そして、何を知ろうにも時間がなさすぎた。

ようやく真夜中を過ぎてベッドへ行ったときにも眠ることができず、到達できない真実を求めて思考ばかりがぐるぐる頭を駆けめぐった。真実がわからないことには、どんな行動方針をとったところで、思惑どおりにいく可能性はせいぜい五分五分だ。その確率は実際はもっと低いだろうとニックは強い不安を抱いた。一週間足らずまえにソールタッシュに到着して以来、彼がもっとも望んでいたことは、家族の心配事からも、きょうだいたちの悩みからも解放されて、またここから出ていくことだった。今ではその幸福な状態は不可能な夢のように思われた。なんとかしないかぎり……。

「やるよ」

夜明けの灰色の薄明かりがひろがっている台所で、ニックはアンドルーの視線を受けとめ、そう言った。彼が入っていったとき、兄はマグから紅茶を飲みながら、雨のすじが伝い落ちる窓ごしに早朝のぼんやりした風景をじっと見ていた。ところが、彼の足音を聞きつけたとたん、アンドルーはさっと振り返ってニックにまともに視線をすえ、流しの水切り板にゆっくりマグを置いたのだった。

「死体を投げ捨てるのを手伝うよ」

「やってくれるのか？」

「ああ」

「おれは……どっちかというと、おまえは断るだろうと思ってた」

「ぼくだってそう思ってたよ」

「どうして気が変わったんだ？」

「このことがぼくの人生を左右するかもしれないという見通しに、立ち向かうことができないんだ。正直言ってね、アンドルー、ぼくには立ち向かえない。警察がすべての面倒を肩代わりして、ぼくたちをそっとしといてくれると思ったら、喜んで彼らに任せるんだが。そんなふうにはならないよ、そうだろう？　何事もそんなふうに簡単にはいかないんだ」

「ああ、むりだな」

「それに引き換え……」

「おれの方法なら、二十四時間で片づいて、さっさと逃げられる」

「そう願おう」

「しくじりっこないさ。あのな、おまえはどうだったか知らないが、おれはゆうべあまり眠れなかった。そのおかげで考える時間がたっぷりあった……こういうことにもってこいの場所はどこかと」

「たくさん思いついた？」

「実際に必要なのはひとつだけだ。それが見つかったと思う。どうだ、車でそこへ出かけて下見をしてこないか？　そこがオーケーのようだったら、今夜またそこへ行って、仕事を片づけてしまえる」

「オーケーじゃないようだったら？」

「どこかほかを見つけるさ」


アンドルーがそのあと、カーウェザーへそのまま戻れるように、彼らはべつべつの車で出発した。彼らの目的地はミニオンズだった。ボドミン・ムーアの南東のはずれにある、パブが二つと郵便局がひとつだけの村だ。昔、家族で出かけたときにそばを通ったから、ニックもそのあたりはいちおう知っていた。マイケル・パレオロゴスの評価において、産業遺物は本物の古代の遺物とは較べものにならなかった。それでも、考古学とまったく無縁のものよりはましだったから、ミニオンズの近くのフェニックス鉱業の廃鉱は、ときどき出かける値打ちのあるところだと彼は考えていた、とりわけ、そこが青銅器時代の環状列石に近接しているとわかって興味が増してからは。

ミニオンズの駐車場からは広範囲の眺望を楽しむことができた。東にはダートムーア、南には海、そして前景にはカラドン・ヒルと、そこに設置された大きな図体の巨大なテレビジョンのトランスミッター。そこは頭上の雲を吹き飛ばすようにビューユー風が通り抜ける、吹きさらしの場所だった。遠くのダートムーアの丘陵にはうっすらと雪が積もっていたが、このあたりでは、とっくになくなった鉄道――かつてはこの地域に散在する錫《すず》や銅の鉱山のために走っていた――の軌道跡を、霰《あられ》の吹き溜まりが白く染めているだけだった。あたりには数人の勇敢な人たちが犬を散歩させていたが、彼らにしても、ストウズ・ヒルの側面に沿ってカーヴしているゆるやかな坂道を、犬も連れずに北へ向かって歩きだした二人の男を、べつだん妙だとは考えそうもなかった。

「このあたりのほとんどの立坑にはふたが被せてある」歩きながらアンドルーが言った。「安全対策陳情団がそうした対策をやってるんだ」

「それなら、こっちの計画はどうなるんだ？」

「全部にまでは手がまわらない状態であるように願ってるんだが。まあ、もうじきわかるさ」

十分間さっさと歩いていくと、その道筋のいちばん高いあたりにある棚状の土地に着いた。そこからは、谷の向こう側にある、プリンス・オブ・ウェールズ鉱業の残っている車庫のほうへ、でこぼこにひろがっている古い作業場を見下ろすことができた。ミニオンズから谷をうねうねと上ってくる小道が、北のさまざまな農地や集落の方向へのびている。

「小道のそばに木立があるのが見えるか？」

「ああ」

「あそこに立坑があるんだ。子どものころに、どれぐらい深いか調べるためにそこへ石を投げこんだのを憶えてるよ」

「どれぐらい深かった？」

「けっこう深い」

「道路に近いようだね」

「おれが考えてたとおりだ。あそこへ行って調べてみよう」

彼らはハリエニシダやワラビなどが生い茂る草むらを通って、でこぼこの斜面をおりていき、流れの速い小川を渡ったり、途中で疑うことを知らない羊を驚かせたりしながら、木立にたどり着いた。木立はそばでよく見ると、サンザシの茂みとぼうぼうに伸びたコトネアスターだとわかった。数ヵ所で補強してある一メートル半ぐらいの高さの有刺鉄線が、その木立と、草の生い茂った車庫の廃屋を取り囲んでいる。

アンドルーはあたりをうろつきまわって、ついに捜していたところ——立坑のはっきり見えるところ——を見つけだした。ニックも彼のかたわらへ行って、下草のあいだから覗いた。フェンスのわずか七、八十センチ向こうに立坑の口があった。そして、その口は開いていた。

「ぼくたちはついてるようだね」

「確かめねばならん」アンドルーは近くの土のなかから大きな石を掘りだして、フェンスごしにそれを投げた。二人は耳をすまして、立坑のなかで音が消えるまでの秒数を数えた。石がはるか下の金属のようなものにぶつかって停止するまでに、ニックは六を数えた。

「兄さんが言ったようにかなり深いよ」

「ただひとつ問題はこの有刺鉄線だ」アンドルーは振り返って周囲を見まわした。見える範囲に人影はなかった。彼はポケットに手を入れ、ペンチを二個取りだしていちばん近いフェンスの杭のかたわらにしゃがんだ。「くぎを二、三本、抜いとくよ。そうすれば針金を曲げやすくなる」二、三分で立ち上がった。「これでだいじょうぶだろう」

彼らはフェンスから離れて、小道までの斜面を見おろした。道の縁まで六メートルほどしかなかった。「あそこに車をとめるの？」

「ああ。スムーズにいくさ、ニック。請け合うよ」

「いつやるつもり？」

「今夜。トレナーへ十一時ごろに行く」

「そのまえに話しとかなきゃならないことがあるんだ」

「駐車場へ戻るみちみち話してくれ。このあたりにいつまでもいるのは無分別だからな」


ニックが今、アンドルーに話しておかねばと考えたのは、月曜日の夜にプリマスで、ランドローヴァーのフロントガラスのワイパーにはさんであったお悔やみカードのことだった。それはたいしたことではないかもしれない。だが、ニックにはそうは思えなかった。カード、遺言書、セラーの死体。そのすべてが、彼とアンドルーの知らない過去の出来事を、それにつながる人々が現在も存在することを、指し示している。そして知らないというのは、何かを企むには軟弱な拠りどころだった。

「ぼくの言ってること、わかるだろう？」

「おれたちが考えてる以上のことが進行してるというのか？」

「ぼくの推測では、ずっとたいへんなことだ」

「おそらくおまえが正しいだろう」

「心配にならないの？」

「ならない」

「心配すべきだと思わないのか？」

「ああ。おやじがこれまでにおれに与えたすぐれた助言のひとつが、〝おまえの手にあまることとは心配するな〟だったからな。だがこいつは――」彼は後ろの立坑のほうを親指でぐいと示した。「おれの手で充分やれることだ」

「では、あとのことは？」

「セラーの下のあの穴を空っぽにしてしまえば、おまえもおれもなんの心配もなくなるさ」アンドルーはにやっと笑った。「そして、タントリスの小切手を銀行に預けてしまえばな」


留守のあいだにプルーがやってきただろうと思いながら、ニックはトレナーに戻った。けれども、アンドルーがひと晩トレナーに泊まったことを彼女はすこしも妙だとは考えないだろうし、彼女がセラーのドアを開けようとした可能性はまずないと思われた。たとえ開けようとしたとしても、適当な作り話をでっちあげることは簡単だった。

ところが、彼の留守中にプルーが考えねばならないことはたっぷりあったと判明した。中庭にとめてある見知らぬ車がニックにたいする最初の警告だった。そのあとすぐ、プルーが台所で声をひそめて説明したところでは、彼の留守中に訪問客があったというのだ。というよりも、厳密に言うと、マイケル・パレオロゴスを訪ねてきた客があったのだ。

「応接間にお通ししてありますよ、ニコラス。お父さまは亡くなられたと申し上げたら、本当に驚いておられました。きょう、彼に会うつもりだったそうです」

「誰なんだね？」

「お名前はデーヴィッド・アンダーソンだとか」

「聞いたことないな」

「以前のお父さまの学生らしいですよ」

「どんな用だと言ってた？」

「訊ねませんでしたよ。だって、わたしには関係ないでしょう？」

「ぼくにも関係ないだろうね、プルー。とにかく、確かめてくるよ」

デーヴィッド・アンダーソンは三十代の終わりか四十代のはじめに見えた。猫背のがっしりした体つき、ちぢれた白髪まじりの長い頭髪、色つきレンズの眼鏡、すぐに微笑の浮かぶにこやかな顔。彼のコーデュロイのジャケットとスエットシャツとジーンズは、学生時代からのものかと思えるほどすりきれていた。じつのところは、彼にとってその時代が終わったのかどうかもはっきりわからなかった。彼にはちょっとどころではなく、学生ふうのむさくるしい雰囲気があった。

「パレオロゴスさん。お会いできてよかった。あなたは、えー、マイケルの息子さんですか？」

「はい、息子の一人です」

「ご不幸があったことをお聞きして、残念に思います。お悔やみの言葉もありません」

「われわれもみんな残念に思ってます」

「転落とか、おたくの家政婦さんが言ってましたが。そうなんですか？」

「はい。このまえの土曜日に」ニックは状況をくわしく話すのはやめにした。アンダーソンから、その危険なセラーの階段を見せてくれと言われることはなさそうだったけれど、なんとしてもそれを避けねばならなかった。「しばらくまえからだんだん弱ってきてましたて。いつ事故が起こってもおかしくなかったようです」

「わたしが彼と話をしたときには、いつもと変わらず鋭かったようでしたが」

「頭のほうはまったく問題ありませんでした。あなたのおっしゃるように、かみそりのように鋭くて。あなたはいつ……話をなさったのですか?」

「十日ばかりまえに、わたしに連絡してこられました」

「へえ、そうですか。オクスフォードのあとずっと、連絡をとりつづけておられたんですか?」

「ときどきですが。わたしはシャーバーンで歴史を教えています。わたしがその仕事につけるようにマイケルが力添えをしてくれました。ですから、彼から頼まれたら、いつでも喜んで引き受けたでしょう。だが実際には、彼から頼まれたのは今回がはじめてです。今となっては結果を報告しようにも手遅れで、かえすがえすも残念です」

「彼はあなたに何を頼んだのですか?」

「ああ、ほんのちょっとした調査です。実際はなんということもない簡単なものなんですが、授業の合間に差しはさむのがちょっとむずかしかったんです。そうしたところは、こちらが行きたいときには開いてないものですから、それが厄介でね」

「どんなところですか?」

「そう、今回はエクセターの大聖堂図書館です。でも、なんとか都合をつけて水曜日の午後にそこへ出かけていって、マイケルが興味を抱いていた資料を見てきました。悲しいことに、遅すぎたようですが」

「そのようですね。しかし、えー、どんなものなんですか、その……資料というのは？」

「かなり難解なものです。その話をしてあなたを退屈させるのは、おそらくあなたもお望みではないでしょう」

「喜んで伺いますよ」

「本当に？」

「せっかくあなたがその仕事をやってくださったのに、それを誰にも話せないのでは残念でしょう。彼はわたしの父でした。だからわたしもずっと関心はありました……彼が熱中していたことに」

「それはすばらしい」

「だが理解できないことがあります。どうして彼は自分で出かけていかなかったんでしょう？　失礼なことを言うつもりはないのですが――」

「それは資料の性質のゆえですよ、パレオロゴスさん。十七世紀の手書き文字を読むのは簡単なことではありません。その分野では、わたしのほうが彼より経験を積んでいることをマイケルは知っていたんです。結局のところ、彼はなんといっても考古学者でしたからね」

「十七世紀の手書き文字？」

「そうです。正確には、でたらめに束ねられた大量の往復文書で、ある教会区の、代々の司祭と教区委員のあいだで交わされた――」

「セント・ネオトですね」

アンダーソンは驚いてニックを見た。「もうそれをご存知でしたか」

「おやじがセント・ネオト教会の歴史に興味を持っていたことだけを」

「たしかにそうでした。つまり、これはあまり世の中に知られていない資料です」

「どうしてそれがエクセターに？」

「ああ、十七世紀にはトルロの教区（主教の管轄する地域）はありませんでした。すべてのコーンウォールの教会区はエクセターの主教の指揮下にありました。とはいっても、その多くがセント・ネオトのようにさかんに手紙のやりとりをしていたとは思えませんが。手紙のコレクションは、実際には十五世紀にさかのぼり、そのころのものがたくさんあります。しかしながら、マイケルが集中的に調べてほしいと言ったのは十七世紀半ばでした。一六六二年に教区委員の一人、リチャード・ボーデンが書いた手紙のことを彼は聞いていました。大内乱のあいだ、教会の非常にみごとなステンドグラスを守るために採られた予防措置に関する手紙です。彼はわたしに手紙の内容を確認するよう求めました。一六四六年に窓のひとつが取りはずされて、マンドレルという紳士に預けられたと、ボーデンは手紙のなかで述べている、というのが彼の理解していたことでした」

「それを確認できたのですか？」

「じつは、ちょっと込み入ってましてね。状況を説明しようとしてマイケルに電話したんですが、むろん、彼と話すことはできませんでした。それより以前に、けさ、彼と会う約束をしてましたから、それで——」

「メッセージを残すことはできたと思いますが」

「マイケルがそうしないようにと、はっきり指示したんです」

「父が？」

「ええ。なぜかわかりませんが、彼はとても執拗にそう言いました。彼がどんなに頑固か、あなたに言う必要はないはずです」

「ええ」ニックは苦笑した。「そう思います」もちろん、ニックに実際に必要だったのは、父親がなぜそれほど留守番電話にメッセージを残させまいとしたのかという説明だった。彼に考えつけたただひとつの説明は、そうしたメッセージはマイケル・パレオロゴスにとって、エルスペスの述べた論拠をマイケルが認めたくないと思っている証拠になるからというものだった。けれども、学術的に完全を期すためだったという理由で、彼はそのことを正当化できたはずだ。そのことに関する彼の秘密主義は、奇妙に思われるほど度を超していた。「それで、どういうことだったんですか、その込み入ってる状況とは？」

「あなたは本当にそのことを詳しく話してほしいのですか？」

「もちろんです」

「オーケー。では、これをお見せしましょう」アンダーソンはかたわらのブリーフケースをかきまわして、フォルダーを引っ張りだした。「これはボーデンの手紙の写真コピーです」彼はコーヒーテーブルにフォルダーをのせて開いた。

ニックは手紙がコピーされた紙切れを覗きこんだ。とたんに、十七世紀の手書き文字についてアンダーソンが言ったことが理解できた。斜めになった走り書きは明らかに手紙だったが、そこに書かれているものは、ニックの目には、ごちゃごちゃうねるようにもつれ合ったペンの筆跡でしかなかった。「まいったな。あなたはこれが読めるんですか？」

「ええ。訓練によってね。ボーデンは主教の秘書からの手紙にたいする返事としてこれを書いています。秘書の手紙のほうは、すくなくともこのコレクションのなかにはコピーがありません。彼はここでこう言っています」ニックからすれば、ほかとは見分けのつかない文をアンダーソンは指さした。「〃ミスター・フィルプは、教会区の偉大にして特別なる宝を守るために、私に考えつける最善の予防措置を——すなわち、それによって、十一年前のあの暗黒の時代に議会軍の兵士の目を引かずにすむ方法を——述べるよう私に求めました〃それは一六五一年にさかのぼるわけです、なぜなら手紙の日付は」アンダーソンの指がページの上へ動いた。「一六六二年、五月二十一日ですから。いいですね。そして、ボーデンはさらにこう言ってます」指がもとの箇所に戻った。「〝それはそれより五年前に取りはずされました〟つまり、一六四六年にということです。〝コーンウォールが議会軍の支配下にあるなかで、それが危険にさらされる状況を我々は我慢できませんでした。それは我々の忠実な友、ミスター・マンドレルに預けられて安全に埋めこまれ、今もそこで無事であることを私は保証します〟あとは丁重な言葉が並んでいるだけで、ここのところがボーデンの手紙の核心部分です」

「それでは、彼は実際にどこで窓に言及しているのですか？」

「そこが込み入ってるところです。彼は言及していません」

「なんですって？」

「〝教会区の偉大にして特別なる宝〟というのが彼が用いている語句です。その宝がなんであるのか彼は明言していません。おそらくその必要がなかったのでしょう。手紙の相手はすでに承知していたからです。彼の言及しているものは、ステンドグラスで図星だと思われます、それがわたしが聞かされたとおりのすばらしいものであるのなら。しかしながら、それはあくまで推測でしかありません」

〝教会区の偉大にして特別なる宝〟アンダーソンが去ったあとしばらく、ニックは今では彼にもスペルが判読できるようになったその句を、じっと見つめていた。エルスペスはボーデンの言葉を引き合いにだしたとき、彼は〝我々のもっともすばらしい窓〟と呼んでいると言った。それははっきり憶えている。だがここにはボーデン自身の筆跡で、もっと曖昧なことが記されている。もちろん、それは窓のことかもしれない。充分そう考えられる。けれども明確には述べられていない。断定はできないのだ。たしかに疑念を抱かせる要素はあったから、父なら明らかにそれに飛びついただろう。〝このゲームでは一次資料以外、何も信じてはならない〟というのが、おやじが最後に言ったことのひとつだ。そして、ここにあるのがその一次資料だ。だが、ゲームとはなんだろう？

エルスペスが虚偽の内容を引用したことは、ある意味では理解できた。彼女は〝最後の審判の窓〟を見つけるように依頼され、これが彼女に入手できたもっとも真実に迫るものだった。結局のところ、窓以外にどんな宝がありうるだろう？　アンダーソンのようにそれを単なる推測と呼んだのでは、すこし控えめすぎる売り込みになる。エルスペスは同じように、すこし誇大な売り込みをしたにすぎない。

しかし、彼女が誇大な売り込みをしたのはそれだけだろうか？「マイケルは、ここから〝さらに派生する問題〟があるので、それをわたしに調べてほしいとおっしゃいました」アンダーソンは立ち去りぎわにそう打ち明けた。「それはなんだったと思いますか？」

「見当もつきません」とニックは答えた。

それはかならずしも本当ではなかった。父親は次にはマンドレルとトレナーの繋がりについて調べをすすめたに違いないと思われた。その件に関してはボーデンの手紙よりも精密な調査をすることが可能なのか？　それがにわかに差し迫った疑問になった。

だがニックとしては、その質問をアンダーソンにぶつける危険を冒すわけにはいかなかった。これまでよりもいっそう、疑念を胸のうちに秘めておかねばならなかった。けれども、堂々と正面きって質問できる人物が一人いた。彼はエルスペスの携帯電話のナンバーを押した。

電話はスイッチが切られていた。「のちほどおかけになってください」というメッセージは、ニックにとってありがたくないものだった。苛立たしいことに、エルスペスの自宅の電話番号は訊ねなかったし、土曜日なのでブリストル大学の交換台を通じて彼女に連絡をとることもできない。美術館に彼女の友人がいるにはいるが、そこでもニックはついていなかった。幹部職員の一人であるティルダ・ヒューイットは、月曜日まではやはり美術館にいないだろうし、彼女の自宅の電話番号も教えてもらえそうもなかった、おそらく彼女は電話帳に番号をのせていないだろうから。そのあとすぐに彼は電話帳を調べて、その事実を確認した。

無情な週末の慣《なら》わしがニックの前に立ちふさがった。月曜日まで彼は前に進めなかった。しかしながら、彼が協力することを承知した過激な行動はそんなには待ってくれない。アンドルーはその夜、遺骸を捨てる決心をしていて、先延ばしにすることは許さないだろう。けれども、そのあとで〝最後の審判の窓〟とトレナーを繋ぐ一連の証拠がばらばらに崩れてしまったら、どうなるのだ？　そうなれば、鉱山の立坑に遺骸を投げこんだことによって、どんな成果が得られるというのだ——彼ら自身が罪に問われること以外に？

その午後と夕方、ニックはエルスペスの携帯の番号にかけつづけた。だが、むだだった。

「砕石袋を二つと布テープ、それに長いロープを持ってきた」その夜遅くにトレナーにやってきたとき、アンドルーが告げた言葉はきわめて実務的だった。「袋は二つあれば充分なはずだ。そのあと、防水布でそれをくるんでロープで縛る。石板の上にはラックをのせておき、誰かが穴を見つけても知らんぷりしてればいい。オーケー？」

「そのことに関してはオーケーだ」

「怖気づいてるんじゃないだろうな、ニック？」

「話しとかなきゃならないことがあるんだ」

「またかよ」

「重要なことだ。じつはそれは……いいかい、これを見てくれ」ニックはボーデンの手紙の写真コピーを示して、そこに潜んでいるかもしれない重要性を説明しようとした。だが、そうするあいだも、アンドルーがそれになんの関心もないことが見てとれた。彼は何をやるべきかきっぱり決心していて、判読不能な十七世紀の手紙の微妙な言い回しがそれを変えることはできなかった。「エルスペス・ハートリーはかならずしもわれわれと正当な取引をしていない。だからまず、このことを確かめてからにすべき——」

「なんだよ、ニック。おまえがむきになって何か理解しようとしたってむだだ……こんなものから」アンドルーはあざけるように紙切れをつついた。「こんなもの読むこともできん。エルスペス・ハートリーは歴史家だぞ、おまえと違って。彼女にはそれで充分だというんなら、タントリスにとっても充分なのさ。ということは、おれたちにとってもそれで充分なんだ」

「アンダーソンは歴史家だよ。その彼が考えるには——」

「彼がどう考えようが知ったことか。ああ、おやじならおそらく難癖をつけようとしただろう。だがおれに言わせれば、それは取るに足りない誇大視にすぎん」

「それでも、エルスペス本人から説明してもらうべきだと思うよ」

「いや、そうは思わない。おまえはこの取引をぶちこわすつもりなのか？」

「もちろん違うよ」

「よし。それなら現在かかえている事柄に集中しよう」

「でも、これは肝心なことだよ。実際に〝最後の審判の窓〟に関する確固たる証拠がないのなら——」

「いまいましい肝心のことが何か教えてやろう」アンドルーはニックの肩をつかんでにらみつけた。「セラーにあるあの骨には出ていってもらう。今夜。そうするしかないんなら、おれは独りでやる。簡単ではないだろうが、それでもおれはやる。だがな、おまえが手伝ってくれたらありがたい。実際、おれはそれを当てにしてた。おまえが手伝うと約束したんだからな。おれにとって重要な質問はこれだけだ、おまえは手伝うのか？」

10

結局、ニックは兄を手伝った。事実、警察に電話しないかぎり、突き進むアンドルーをとめることはできなかった。それが何者だったにしろ、父親が埋葬した人間の残骸を石板の下から引っ張りだそうとして、悪戦苦闘している兄を数分間は見守っていたものの、ついにニックは自分の疑念に見切りをつけ、進み出て彼に手を貸したのだった。アンドルーは遅かれ早かれそうなることがわかっていたかのように、かすかに笑みを浮かべて弟の協力に謝意をあらわした。

二人でもたいへんな作業で、死んだ人間の細い骨や腐った肉を扱わねばならないことにたいする嫌悪感が、その仕事をいっそう困難にした。ようやくひとつの砕石袋に納めた頭と胴体のまわりをテープでとめ、もうひとつの袋に納めた骨盤と脚のまわりをテープでとめると、作業はぐっと楽になった。自分たちが実際に目にし、手で触れていたものが、にわかに彼らから隠れてしまった。二人はその包みがカーペットを巻いたものと同じぐらい無害なものに見えるように、防水布をきっちり巻きつけ、ランドローヴァーまで引きずっていった。そのあと、セラーのなかをきちんと片づけてから出発した。

アンドルーの予想どおり、ボドミン・ムーアに人影はなかった。カラドン・ヒルのトランスミッターの上に灯っている赤い航路標識の警告灯が、真っ黒な雲のない空に見えているただひとつの明かりだった。背後に散在する農家やコテージのカーテンを閉めた窓の奥には、明かりがひとつふたつ灯っていたが、アプトン・クロスでBロードからそれたあとは、まったく車に出遭わなかった。彼らはミニオンズから小道を通って用心しながら立坑に近づき、そのかたわらに車をとめた。エンジンを切りライトを消すと、目が暗闇に慣れて誰もあたりにいないと確信できるまで、じっと待った。

ようやく車からおりると、二人はその場に立ったまま、あたりを包む静寂に耳をすました。それから、後部座席から包みを持ち上げて短い斜面をよろめきながら登り、立坑を囲んでいるフェンスのまわりをゆっくり手探りで進んでいって、ついにゆるめておいた有刺鉄線のところにたどり着いた。ニックがアンドルーのために鉄線を高く引っ張り上げ、アンドルーがその下を包みを引きずりながら這っていく作業は、かなり大きな物音を立てるようにニックには思われた。その音が気まぐれな風に遠くまで運ばれていかないように祈るしかなかった、とりわけ、この瞬間から彼は懐中電灯をつけて立坑の口を照らさねばならなかったから。

「オーケー」とアンドルーはささやいたが、それは二人が車から出て以後、はじめて口にされた言葉だった。彼は前方の下草のあいだを包みを押しながら進んでいった。

防水布が草の棘《とげ》や茎に引っかかりながらも、とうとう包みは立坑の縁にぶらさがった。そこでアンドルーが最後にぐいと突くと、それはごろんとひっくり返った。それを見てニックは懐中電灯を消した。包みが数回、立坑の壁にぶつかってから、ついにはるか下のほうでどしんと音を立てて停止したのが聞きとれた。

そのあとは静まりかえった。すぐにアンドルーが「さあ、ここから出よう」と言って、這いながらフェンスの下へ戻りはじめた。

数秒後には彼らは道路におり、ランドローヴァーのヘッドライトが暗闇を切り裂くなか、スピードをあげて走り去った。作業は完了した。

ムーアを離れたとたん、アンドルーは目に見えて緊張がゆるんだ。ニックにとってはそうではなかったけれど、彼にとっては、これで明らかに問題が解決したようだった。ここからは波乱のない航路になったようだった。この新たに訪れた安心感のもとも明白な徴候は、無口なそっけなさから、アンドルーとしては極端な多弁とみなされるものへ、にわかに転じたことだった。

「トムは今夜は母親といっしょに過ごしてるんだ。それに、帰りには二、三日、彼女のところに立ち寄ることになってる。おれとしては喜ぶべきだろうな。すくなくとも、これで彼女は葬儀にやってくる口実がなくなるわけだから。あしたの午後、ボドミン・パークウェイへあの子を迎えにいくことになってる。さっきアイリーンと話したんだが、おれたちはトレナーでお茶の時間に集まれるだろうよ。彼女とローラ、おれとトム。それにもちろん、おまえ。それとアンナとバジルも、アイリーンが二人を説得できれば、やってくるだろう。ザックが世界の反対側にいるんで、アンナはちょっとのけ者にされてるように感じてるかもしれん。おれたちで彼女を元気づけてやらなきゃな。おまえはそれでオーケーだな？」

アンドルーが何を言ったのか、ニックはほとんど気づかなかった。彼の心の目には、ずっと昔に死んだ知らない人間の頭蓋骨にあいた穴が見えていた。そして両手には、骨の重さや形が感じられた。それ以外にも、答えの出ていない疑問が頭にこびりついていた。エルスペスはどうして嘘をついたんだろう？

「ニック？」

「うむ、なんだい？」

「おまえはそれでオーケーなのか？」

「それでって？」

「あしたの午後、トレナーで家族が集まることだよ」

「ああ……」ニックはなんとか反応を呼び起こそうとした。「いいよ。すばらしいね」

その夜ぐっすり眠ることなどニックは期待していなかった。ところが奇妙にも、九時間の夢も見ない忘却の世界へたちまち引きこまれてしまった。心も体も劇的な影響を寄せつけなかったのだ。目覚めたときには午前も半ばになっていた。

それに今日はこの月の四度目の日曜日だった。ということは、今週はじめに誰かが届けてくれた教会区の回報によると、ランダルフ教会で十一時十五分に礼拝がおこなわれる日だった。あまり緻密《ちみつ》な分析をする気にはなれなかったから、ニックはひとっ走りしてくるのはやめにして、代わりに教会へ行くことに決めた。家を出るまえにエルスペスの携帯に電話してみた。相変わらず電源が切られたままだった。

シオドア・パレオロゴスを記念する真鍮の銘板は、きれいに磨かれたばかりだった。礼拝が進行するあいだも、ろうそくの明かりがその文字の刻まれた表面にちらちら反射した。真の懐疑論者としての習慣も信念もないままに、賛美歌を歌ったり祈りをつぶやいたりしながら、ニックの視線はともすればそちらへさまよっていった。だがそれと同時に、前夜の作業が呼び起こした、怖ろしい心を揺さぶられる感情が胸にわだかまっているのに気づいていた。それは罪の赦《ゆる》しを求める願望にひとしいものだと彼は悟った。だが、罪の赦しを求めるまえには告白がある。彼とアンドルーのやったことはけっして告白できないものだった。

シオドア・パレオロゴスは計画殺人の罪でイタリアにおいて有罪と判決された。彼は逃亡亡命者としてコーンウォールにやってきた。彼の祖先のミハエル・パレオロゴスは、赤ん坊の皇帝ヨハネス四世の摂政《せっしょう》を殺害したのち、一二五九年にビザンティン帝国の皇帝の座についた。共同皇帝となって二年後、パレオロゴス王朝の創始者は幼児の皇帝ヨハネスを盲目にして、生涯、牢獄に幽閉した。彼の継承者たちも同様の残忍さを発揮して権力の座にしがみついたが、ついに二百年後にトルコ人によって追放された。パレオロゴスの遺伝子があるのなら、もう一人のマイケル（ギリシャ語ではミハエルと発音）・パレオロゴスの冷酷さを証拠だてるものとして認証されるであろうごとく、その遺伝子が弱まっていく傾向はなかった。彼らは必要とあらば凶暴になれる家系なのだ。

　しかしながら、遺伝というのは包括的に伝わっていくものではない。礼拝が終わって、穏やかに降りそそぐコーンウォールの陽射しのなかへ足を踏みだしたとき、ニックは、そうした先祖伝来の冷酷さは自分のなかにはまったくないと思った。それは彼には理解できないことだった。自分がそんなことができるとはどうしても信じられなかった。

　だがそれは、自分にはその必要が起こらなかっただけかもしれない、トレナーに向かって小道を歩きながら、彼はしぶしぶそう認めた。

その午後、アイリーンとローラが最初にお茶の会にやってきて、半時間のあいだニックがむだにかけ続けていたエルスペスへの電話を中断させた。彼が最後に姪に会ったのは、父の八十歳の誕生日パーティのときだった。それ以後に、彼女は歯列矯正具をつけ髪をポニーテールにした、かぼそい内気な十一歳の少女から、母親ゆずりの物腰と優雅さをすでに身につけ、十五歳というより十八歳のように見える、長身で落ち着いた娘に成長していた。

ローラのほうもそうだったが、ニックはもうまじめに叔父の役割を演じることはやめていた。おまけに、彼の厄介な過去についてローラがどの程度知っているのかはっきりしなかったから、いつも彼はできるだけローラと話をしないようにして、そうした不明確な状況に対処してきた。したがって、ローラが彼を退屈だと思ったとしても、彼女を責めることはできなかった。彼女の試験の日程やハロゲットからの列車の旅について、活発とはいえない会話を交わしながら、ローラがひそかに彼をひと言で、もしくは三言で評価しているのをニックははっきり感じとっていた。退屈、退屈、退屈。それは皮肉なことだった。ニックと彼女の伯父のアンドルーが前夜にやったことを彼女が知ったなら、彼女はそれを退屈とは表現しそうもなかったから。

「ママがタントリスさんのことを話してくれたわ」ある時点でローラがその話題を持ちだした。「彼は何者なの、正確には？」

「すごく金持ちの男よ」アイリーンが口をはさんだ。

「ええ、でも彼についてそれ以上のことを知ってるはずだわ」

「実際の話、こっちが知る必要はないの」

「それは見解の問題だよ」ニックが言った。

「すごいわ」とローラ。「家族騒動なんだ」

「そんなものあるわけないでしょ」アイリーンが鋭い口調で応じた。「タントリスさんはこの家を手に入れるために、厳密に言って必要以上のお金を支払い、そのおかげでわたしたちみんなが利益を得るのよ、あなたもふくめ。だから、その気の毒《プーア》な方がプライバシーを守りたいのなら——」

「でも、彼は貧乏《プーア》じゃないわ、そうでしょう？」

「わたしの言ってる意味、わかってるくせに」

「あなたはどう考えてるの、ニック？」

「プライバシーと秘密とでは違いがあると思う」彼はなだめるような笑みを浮かべた。「でもね、たぶんきみのお母さんがもっとも分別があるんだと思うよ」

アンナとバジルがやってきて、会話に貢献するためのニックの負担を軽くしてくれた。ローラの三人のずぼらなおじたちのぶんを、心遣いの行き届いた叔母が埋め合わせた。事実、アンナはザックがいないことにすこしも気落ちしている様子はなく、息子からのＥメールのプリントアウトを見せびらかした。そこには祖父の葬儀に出席できないことにたいする悲しみが述べられていた。アンナにはアイリーンよりも、十代の娘の大好きなものや関心のあることに即座に話を合わせる才能があって、やすやすとそうした話題に入っていった。

しばらく退屈な時が流れてから、お喋りしている女たちを応接間に残して、ニックとバジルはしめし合わせて庭へ脱けだした。外の冬枯れの花壇のあいだで、バジルは淡々とした口調で、ニックが元気がないように見えると切りだした。

「悩み疲れたって顔つきだぞ、ニック。明らかにやつれきってる。ボーデンの手紙についてのハートリーさんの説明に、事実と一致しない点があるせいじゃないだろうな？」

「アンドルーがそのことを話したのか？」

「けさ電話があった。アイリーンのほうへもあったはずだ。どうやらみんなは、おまえが不必要な心配をしてると思ってるよ」

「〝どうやら〟ってどういう意味なんだ？」

「ああ、おれの意見なんかどうでもいいから、そうだろう？」

「そんなことないよ、ぼくには」

「ほんとか？　じつにうれしい驚きだな」

「忌憚《きたん》なく話してくれよ、頼むから」

「いいだろう。ハートリーさんの説明では、その手紙はきわめて明確に〝最後の審判の窓〟に言及しているということだった。ところが本当は、もっとはるかに……曖昧な表現になっている」

「ああ、そう言えるだろう」

「そうか。では、そのことをわれわれは心配すべきだろうか？」

バジルには自分の問いかけに答えるつもりはないことがはっきりしたとき、ニックは彼のほうを振り向いて訊ねた。「それで？　心配すべきなの？」

そう訊かれて、バジルは弱々しい笑みを洩らした。「おれにはまったく……わからんよ」


ニックがトムに最後に会ったのはローラの場合と同様、父の八十歳の誕生日パーティだった、もっと最近、ロンドンでばったり出会ったときをべつにすれば。それはこのまえの十月の、ある陰鬱な雨の午後のことで、彼らは英国図書館の外で偶然に出会った。ニックはユーストン駅へ向かう途中で、トムはキングズクロスへ向かう途中だった。そのあと図書館の通りに面したコーヒーショップで、紙コップに入ったカプチーノを飲みながら十分ほどお喋りをした。どんな話をしたかは憶えていなかったが、そのことだけがひとつの記憶として残っていた。思いだしてみると、おたがいに口先だけで叔父と甥の関係をとりつくろいながら、どちらも逃げ腰だった。言うまでもなく、トムは卒業後も失業状態であることを隠さねばならなかったし、一方のニックのほうにも、彼なりに寡黙になる理由があった。トムは元気そうに見えた――やわらかな腰のない金髪、子犬のような大きな茶色の目、数日間、髭がのびたままで、そのためにいっそう目につく角ばった顎、ファッショナブルな衣服から盛りあがっているジムで鍛えた体。しかし、彼のそのときの態度から、ひと言も言葉を交わさずにすれ違っていたらよかったのにと言われているのも同然だとニックは感じた。

トムがアンドルーといっしょに入ってきたとき、ほかの者たちはおそらく気づかないだろうトムの変化が、ニックの目にとまった。彼はあのユーストン・ロードでの雨の日よりは、たしかに口数が多かったけれど、仲たがいをしているのも同然の父親といっしょにやってきて、叔母や叔父やいとこと顔を合わせるとなれば、それは当然予想されることだった。ニックが嗅ぎつけた変化は、どこがどうと明確に告げるのはむずかしかったが、それでも彼にははっきりわかった。警戒しているかのようにトムの目が細くなっていた。それに、すこし痩せていた。失業に打撃を受けているのだろうとニックは考えた。

アンドルーは過剰なまでに埋め合わせをしようという気分になっていて、でかすぎる声で必要以上に喋りまくった。トムはというと、魅力と機転を駆使《くし》してエディンバラでの生活についての質問をはぐらかしてから、亡くなった祖父が大好きだったのに、最近は彼にあまり会わなかったのが悔やまれるなどと話した。そんなふうに家族の控えめな哀悼《あいとう》ムードにいとも簡単に入りこんできたから、彼がタントリスの申し出について聞かされていなかったことは、ニックにはいささか意外だった。

そのことがはじめて明白になったのは、ローラが突然、こう言いだしたときだった（いとこがあらわれてからは、彼がちょっとした話題の中心になってしまったと、彼女は明らかにそう考えたのだ）。「わたしたちはお金をどう使うべきだと思う、トム？」

「まだそのことは話してないんだ」アンドルーがそう口をはさんで、腹立たしげな眼差しをアイリーンに浴びせた。

「どういうことなの、これは？」部屋を見まわしたトムの眼差しには、むりもなかったが、好奇心と苛立ちが入り混じっていた。

「じつはトレナーを買いたいという気前のいい申し出があったんだ」アンドルーが説明した。「それはもちろん、おじいさんへの申し出だったんだが、今ではわれわれの手に移っている」明らかに彼は、トムの祖父がその申し出をどう考えていたか説明する必要はないと判断していた。「どうやら、ここには歴史的に重要なステンドグラスが隠されていて――」

「ステンドグラスが？」当然ながらトムの声音には不信の響きがあった。

「そうだ、信じようが信じまいが。それは大内乱と結びついている。その歴史家によると、セント・ネオト教会の昔の窓から取りはずされたステンドグラスが、クロムウエルの軍隊から守るために一六四〇年代にここに隠され、今もここにあるのはほぼ確実だというんだ。それを見つけだす可能性に賭けて大金を払おうという人物のために、彼女は働いてる」

「それなら、彼らはどんなふうにやるつもりなの？」

「さあな、なんだろうと必要なことはやるだろう」

「ここをばらばらにするってこと？」

「完全にってわけじゃない」

「しかし、ほぼそうなるだろう」バジルが言った。

トムは皮肉るようにヒューと口笛を吹いた。「おじいさんがそんな考えにとびついたとは思えないよ」

「ああ、最初はな」アンドルーが用心しながら認めた。

「その金持ちの男って何者？」

「そんなことが重要なのか？」

「訊いてるだけだよ」

「タントリスって名前よ」アイリーンが答えた。「それがほぼすべてなの、わたしたちが実際に――」

「タントリス？」見るからに呆然とした表情でトムは叔母を見つめた。

「そうよ。わたしの――」

「まさか本気じゃないよね」

「どうしてよ？」アンナが笑いながら言った。「パレオロゴスほどめずらしい名前じゃないわ」

「ああ、でも――」ごく単純なことなのに、トムには理解できないようだった。「タントリスと呼ばれてるなんて、あり得ないよ」

「でも呼ばれてるわ」アイリーンが言った。

「やめてくれよ。これは冗談なんだろう？」

「どうしたんだよ、トム？」ニックがふいに口をだした。「どうしてあり得ないんだ？」

「知らないの？」

「わかりきったことだろう」バジルが言った。「われわれは知らないさ」

トムは彼らにつぎつぎ視線を移しながら、現実の状況を徐々に理解した。それからこう言った。「ちょっとぼくのバッグから取ってくるものがあるんだ、オーケー？キーを渡してくれるかい、おやじ？」

とまどって眉をひそめながら、アンドルーはポケットから車のキーを引っぱりだして渡した。トムは急いで部屋から出ていき、残された者は一様に困惑した面持ちだった。

「変だわ」ローラがつぶやいた。

「ほんとよね」アンナが頭を振った。「どういうことなの、アンドルー？」

彼は肩をすくめた。「わからん」

「何かとんでもない思い違いをしてるのよ」アイリーンが言った。

「なにしろ、とんでもない振る舞いというのは、うちの家族のお家芸だからな」バジルがそう認めた。

「黙りなさい、バジル」アンナがぴしっとたしなめた。

「変だわ」ローラがくり返した。

「心配するな」アンドルーが元気づけるように微笑んでみせた。「すぐに解決するさ」

数分後、トムが薄いペーパーバックを持って部屋に戻ってきた。彼は自分の椅子にどさっとすわり、みんなが見えるように本をかざした。それはペンギン・ブックス社の古典シリーズの一冊だった。『トリスタン物語』著者ベルール。「おじいさんが二週間前に、メモをつけてこれを送ってきたんだ。〝おまえはこれを読むべきだ〟メモに記されてたのはそれだけだった。彼の何かのジョークだろうと思ったよ。でも、それがどういうジョークなのかは……」彼は肩をすくめた。

「そのことをおれに話さなかったな」アンドルーが文句を言った。

「たいしたことだとは思わなかったんだ。父さんだって、もっとずっと大切なことを話さなかっただろう？」

「言うつもりだった」

「その本の何が重要なんだね？」ニックが口をはさんだ。

「うむ、それはね、原作の薄幸な恋人たち、トリスタンとイゾルデについてはみんな聞いたことがあると思うけど」

「思いださせてくれる？」アイリーンが頼んだ。

「わかった。いいよ。ここへくる列車で、ぼくはこの本をさっと読んだんだ、おじいさんがこれを送ってきた理由を解明できるかなと思って。ベルールというのは十二世紀の物語作家の名前で、彼が書いた物語が、残存するもっとも古いものなんだ。彼が語るところでは、トリスタンはコーンウォールのマルク王の甥で、王の――」

「王の宮廷はティンタジェルにあった」バジルが割りこんだ。

「そう。それでね、そこが肝心の点に違いないと思ったんだ。おじいさんは昔を懐かしんで、一九三〇年代に発掘の手伝いをした場所につながる伝説を、ぼくに思いださせようとしたんだと」

「しかしね、彼はいつだって伝説を軽蔑してたよ」ニックが言った。

アイリーンがため息をついた。「本当の問題点をさっさと話したらどうなの、トム？」

「そうしようとしてるよ。伝説ではなかったんだ、目的は。今になればそれがわかる。イゾルデはアイルランドの王の娘だった。トリスタンは彼女のおじと正々堂々と戦って彼を殺害するが、戦いのあいだに彼も負傷する。治癒《ちゆ》しそうもない傷だったから、治療してもらうためにどこへ行かねばならないにせよ、神がそこへ連れていってくださると信じて、トリスタンは帆もオールもないボートに乗りこみ綱をほどいた。アイルランドの海岸に打ち上げられた彼は、困っている吟遊詩人《ぎんゆうしじん》のふりをして宮廷へ連れていかれ、イゾルデに傷の手当てをしてもらうが、彼女は魔法のようにすばらしい手並みの持ち主だとわかった。トリスタンは傷が癒《い》えてコーンウォールへ戻った。彼とイゾルデが恋人同士になったのはもっとあと、イゾルデがマルク王と結婚するために、トリスタンに護衛されてコーンウォールへ送られたときだった。彼女の母親は結婚式の夜に王といっしょに飲むようにと彼女に愛の妙薬を与えてあった。ところが船旅のあいだにそれが間違ってワインに入れられ、彼女は王の代わりにトリスタンといっしょにそれを飲んでしまう。そこから悲劇的な愛の物語が展開する。しかし以前、トリスタンがイゾルデと最初に会ったときには、彼女のおじを殺した男だと突きとめられないように彼は偽名を用いた。その偽名はじつは彼の本当の名前の並べ換えだった。彼は――」

「タントリスと名乗った」バジルが静かにあとを引き取った。

「なんですって？」アイリーンがきっと弟を見た。

「タントリス」バジルはくり返した。「もちろん、そうなるよ。二つの音節をひっくり返すとね。そのことを思いつくべきだった」

「そうだよ」トムが頷いた。「トリスタンは本当の身元を隠す必要があったときに、タントリスと名乗ったんだ」

「ちょっと待ってくれ」アンドルーが割りこんだ。「おまえが言おうとしてるのは――」

「タントリスなんて人間はいないってことだ」ニックはそう言いながら、自分はすこしまえからこのことを察知していたにもかかわらず、今ようやく、その事実を認めざるを得ない状況になったのだと思った。「そんな人物は存在しなかったんだ」

アンナは明らかに途方にくれて彼を凝視した。「いったいなんの話をしてるのか、誰か説明してくれない？」

「タントリスという人物は存在しない」ニックが説明した。「それだけの単純なことだよ」

「そしてタントリスがいないってことは」バジルが言った。「つまり――」

「金もないってことだ」片手を上げて顔に押し当てたために、アンドルーの声がくぐもった。「ああ、ちくしょう」

11

翌朝十時、父親の葬儀まであとわずか二時間というときに、黒いスーツを着て沈鬱な顔つきをした、アンドルー、アイリーン、バジル、ニック、アンナが、プリマスの彼らの弁護士の散らかったオフィスにすわっていた。モーリス・バスクコームも黒いスーツ姿だったが、しかめっ面ではあっても沈鬱とはいえない表情で、指の太い大きな手をもみ合わせながらデスクに身を乗りだしていた。

「わたしの短いどころではない弁護士としての経歴のなかで、このような経験ははじめてだと申し上げるべきでしょう」彼はゆっくり慎重に言葉を選びながら言った。

「昨夜、お電話をいただいたとき――」

「申し訳ありません、ご自宅でおくつろぎのところをお騒がせして、バスクコームさん」アイリーンが謝った。

「そんなことはお気遣いなく、ヴァイナーさん。誰もがそう認めるように、あれは緊急の要件でした。ある意味では今もそうですが。ご指示どおり、すぐに連絡をとりました、タント――」彼ははっと言葉を切って唇をむすんだが、すぐに続けた。「あなたがたのために、わたしが交渉してまいりました弁護士、ロンドンのホプキンズ・アンド・ブロードハースト事務所のパーマーさんに。彼女は守秘義務の規則にしばられているので、あまり話してもらえませんでした」

「そうだろうよ」アンドルーがうなるような声で言った。

「そうした規則は依頼人を守るためにあるのですよ、パレオロゴスさん、弁護士ではなく」

「それはわかっています」アイリーンが言った。「パーマーさんから話してもらえたのはどんなことでしたか？」

「じつはね、彼女もタントリスさんに会ったことはないようですが、ふつうの状況ではないことを考えれば、それはべつだん驚くことではありません。彼女は彼の助手のエルズモアさんとのみ取引してきました。そこで、わたしがあなたがたからお聞きしたハートトリーさんの外見を説明しましたところ、彼女自身は明言しませんでしたが、その外見はたしかにエルズモアさんに合致したという明白な印象を受けました。さらに、わたしはけさ、ブリストル大学の人事部にも電話してみました。大学スタッフのなかにエルスペス・ハートトリーという女性はいますが、彼女は現在は長期休暇で……ボストンに行っています」

「それはリンカンシアのボストンですか」バジルが質問した。「それとも、マサチューセッツの？」

「あとのほうです、パレオロゴスさん」

「彼女がわたしたちをはめたんだわ」とアンナは言ったが、昨夜、彼女がおちいった不信の境地からまだ脱けだせない口調だった。

「彼女は明らかにあなたがたにたいして正直ではなかったようです」バスクコームが続けた。「わたしにたいしても。それに、たしかに彼女自身の弁護士にたいしても」

「金はどうなるんです？」アンドルーが訊いたが、彼の声音にひそむ響きが、その質問にたいする答えを彼がすでに承知していることを示唆していた。「タントリスがホプキンズ・アンド・ブロードハーストに預けてあったはずの五十万ポンドは？」

「金曜日の午後おそくに回収されました」バスクコームが憂鬱そうに答えた。「わたしがパーマーさんに電話したとき、彼女はそうした成り行きを報告するために、わたしに電話しようとしていたところだったようです」

「どんなふうに回収されたのですか？」アイリーンが訊ねた。

「おそらく、ホプキンズ・アンド・ブロードハーストの小切手という形でしょう」

「支払われる相手は？」

「エルズモアさんでしょうね。それとも、誰であれ、エルズモアさんが受取人に指定した人です。パーマーさんにはその情報をわたしに教える権限はありません」

「しかしそれが、このいかさまの背後にいる野郎を突きとめる唯一の方法ですよ」アンドルーは支持を求めてきょうだいたちを見まわした。「彼女は教えるべきです」

「いかさまなど存在しませんよ」バスクコームが冷静に応じた。「念入りに仕組まれた悪い冗談にすぎないようです」

「冗談？」

「これに愉快な側面があるとは、わたしにも思えませんがね」

「だが、あなたはこれで何も失うわけじゃないでしょう、バスクコームさん？　アザミよりもすごい勢いで借金が増えていく農場を、やめられる見通しが目の前にぶらさがったのに、結局はもぎとられてしまった、あなたがそんな経験をしたわけじゃないんだ。ちくしょう、こんなことになると思ったら……」アンドルーは窓のほうへ目をそらした。

　そのあと、彼の視線はゆっくりとニックのほうへ戻っていった。二人だけにははっきりわかった、タントリスの申し出が絶対に引っ込められないようにするために、自分たちはやりすぎてしまったと。いまや、そんなものは最初から実在しなかったと知った。それは冗談だったのだ。みごとなばかりのすごい冗談。だが誰一人、笑っていなかった。とにかく、バスクコームのオフィスでは誰一人。

「どうなんでしょう、ヴァイナーさん」バスクコームがふたたび口を開いた。「ハートリーさんについてさらに調べるために、追跡できる手がかりがひとつあるとおっしやってましたね？」

アイリーンは答えを求めてニックを見た。「彼女は美術館で働いている友人に言及しました」ニックが言った。「しかし、それもべつの策略だと思われます。おそらく職員リストか何かから拾いだして、会話のなかにさりげなく差しこんだ名前で、その目的は……そう……」

「本当らしくみせるためだろう」バジルが言った。

「そのとおりだ。ハートリーさんの携帯電話は週末のあいだスイッチが切られてました。もうその番号にはつながらないでしょう。あなたご自身の結論にしたがえば」

「悲しいことですが、したがっていただくしかないでしょう」バスクコームが応じた。「わたしもまったく途方にくれております」

「途方にくれる」アンドルーがつぶやいた。「そうだよ、どっちを向いても、そればかりだ」

アンドルーはこれから出席することになる葬儀には、ちらっとも触れなかった。タントリスの騙《だま》しにここまで徹底的にもてあそばれてしまったために、彼らがあらわすはずの――かつ、感じるはずの――悲しみが入りこむ余地がなかったのだ。彼らはバスクコームのオフィスから、ほどほどの寒さを保つという思いやりすらない湿っぽい陰鬱な朝のなかへ、足を踏みだした、それぞれが怒りと屈辱に打ちのめされて。それに言うまでもなく、喪失感に打ちのめされて。そうした喪失感を彼らは味わうべきだと、エルスペス・ハートリーが定めたのだ。

「いやな女」アンナが怒りをこめてつぶやいた。「何者なのよ、彼女は？　どうしてこんなことしたのよ？」

「ある種の信用詐欺に違いないわ」アイリーンが言った。彼女の自制心はまだ健在だった。「それにしても理解できないわね。こんなことをして、彼女は何を手に入れたのかしら？」

「おやじなら教えられたかもしれない」バジルが言った。

「どういうこと？」

「おやじは即座に偽名を見破った。おやじは教えるつもりだったんだ。トムに送った本が証明しているように」

「どうしてトムに送ったのかしら？　その代わりに、なぜわたしたちに警告しなかったのかな？」

「そのこともおやじなら説明できただろう。あーあ、今となっては、訊こうにも手遅れだよ」

「おれはこのいまいましいパントマイムに立ち向かえるかどうか自信がない」アンド

ルーが言った。「おれ抜きでやってもらわなきゃならんかもな」

「みんなできちんとやり通さなきゃ、アンドルー」アイリーンが励ました。「わたしたちはもうトレナーに戻って、葬列のために待機してなきゃならない時間だわ。ローラとトムが駐車場から迷っていないように願いましょう。わたしたちが遅れるのはまずいわ」彼女はすくなくとも葬儀のあいだは堂々とした態度を保とうと決心していた。「アーチーとノーマに何があったか感づかれるのはまっぴらですからね」彼らの亡くなった母の妹のノーマと、その夫で、引退するまえは芝刈り機の会社の社長だったアーチーは、老齢のうえに遠方だからという理由で、出席しなくてもけっこうだとさんざん言われたにもかかわらず、かならず出席すると約束していた。「ローラには何も話さないように言ってあるわ。トムも当てにしてだいじょうぶでしょうね？」

「もちろんだ」アンドルーはとげとげしい口調で答えた。

「よかった。じゃあ、急ぎましょう。このことは」彼女はバスクコームのオフィスの窓を見上げた。「いっさいあとまわしね」


だがひとつ、あとまわしにできないことがあった。アイリーンはアンドルーとローラとトムを自分の車に乗せることにして、バジルとアンナを車で運ぶのはニックに任せた。エルスペスがティルダ・ヒューイットに言及したのは、自分が言ったように本当に策略だったのかどうか確かめるときだと、ニックは考えた。彼は美術館の前でアンナをおろすと、彼女に必要だと思われる時間を計算し、その待ち時間のあいだチャールズ・クロスとドレイク・サーカスを車で行ったり来たりした。

　彼が十分後に戻ってきたとき、アンナは車にひろってもらうのを待っていて、彼が予期したとおりの報告をした。「ティルダって女性は快《こころよ》く会ってくれたけど、エルスペス・ハートリーという人については聞いたことがないとはっきり言ったわ」

「しかし、それはどっちのエルスペス・ハートリーかな？」ノース・ヒルを車がのぼっていくとき、バジルがそう言って考えこんだ。「現在は長期休暇でボストンにいるほうかな……それとも、もう一人のほう？」

「もう一人のほうだよ」ニックが口惜しそうに答えた。「それとも、まったくの別人だ」

「そして、そのレディは姿を消している」

「ああ」

「だが、何をやり遂げたんだろう？」

「わからん」とはいえ、今度の事件には正当な理由があるはずだった。ニックにはそれがわかっていた。トレナーには隠された〃最後の審判の窓〃など存在しなかったのかもしれない。けれども、埋められた死体はたしかに実在した。ただし、今はもう埋められてはいないが。彼とアンドルーは巧みに操られて、ほかの誰かのいやな仕事を肩代りさせられたのだろうか？　まさか！　マイケル・パレオロゴスの死や、そこから生じる成り行きなど、誰も予測できなかったはずだ。そうだろう？

「誰がくるのか、はっきりわかってるの？」車がA38に合流して西を目指したとき、アンナが訊ねた。もう彼女の心は間近に迫っていることにだけ向いていた。

「地元の人たち以外にってこと？」ニックが訊きかえした。

「葬儀のあとで、スモークサーモンのサンドイッチや串に刺したソーセージを食べながら、わたしたちが話をしなければならない人たちのことよ」

「ああ、なるほど。そうだな、知ってのとおり、アーチーとノーマはくるだろう。それに、ウェラー家の人たちにもきてくれるように声をかけねばならないだろうね」ウェラー家の人たちとは、マイケル・パレオロゴスがいちばん親しくしていた近所の人で、家族は彼らとうわべだけの友好的な関係を保っていた。「オクスフォード関係では、ファーンズワース老人だけがくることになってる」

「まあ、いやねえ」アンナがうめいた。「あの助べえじいさんに、またお尻を撫でられるなんてまっぴらだわ」

「彼は明らかに、そんなけっこうなチャンスを逃すわけにはいかないと思ったんだよ」バジルが言った。

「黙りなさい、バジル」

「彼はおやじのいちばん親しい同僚だったんだよ」ニックが指摘した。「彼が最後のお別れをしたいと思うのは当たり前だ」

「まあね」アンナが言った。「それでも、彼があちこち回りはじめたら、わたしは壁に背中を押しつけてるわ」

「心配しなくていいよ」ニックが告げた。「ぼくが彼を遠ざけとくから」ファーンズワースを会話に引きこむのは悪くない考えだと、にわかに彼は思いついた。子どもたちは、自分たちが考えていたより父親について知らなかったのだと、ニックはあらためて気づいた。ジュリアン・ファーンズワースは社交好きのおしゃべりで、他人の生活に関して興味をそそるこまごました情報を集めていた。今回だけはニックが聞きたいと思うような情報を教えてもらえるかもしれない。


ニックが驚いたことには、霊柩車に続く車に乗りこみ、父の葬儀が始まったとわかったとたん、彼につきまとっていた不安はたちまち消えてしまった。最近の出来事や自分がそこで果たした役割のせいで彼の心はすっかり麻痺《まひ》していたから、一時間の昔からの儀式は、子ども時代の取るに足りない、だが胸に沁《し》みる思い出を呼びさますことによって、気持ちが落ち着く心の避難所を彼に提供したのだった。そのころ、人生は単純であると同時に喜びに溢れているように思われた。もちろん、それがそのまま続くはずはなかった。その当時でさえ、そのことがわかるほど彼は知覚力の鋭い子どもだった。だがとにかく、そのころの人生はすばらしかった。そして父は、彼のすべての欠点にもかかわらず、そのすばらしさの不可欠の部分だった。

　賛美歌が歌われ、祈りが唱えられた。司祭は心のこもった話をして、マイケル・パレオロゴスの有名な家系にもざっと言及した。そのあと、全員が墓地まで行列行進して、棺《ひつぎ》が土中に沈められるのを見守り、そのあいだ司祭は、ミヤマガラスのコーラスとイチイの木立の風のざわめきに合わせ、最後の別れの言葉を唱えた。アンナはすすり泣き、ローラは涙を流し、ノーマ叔母は目を拭った。アイリーンは手袋をはめた手をただぎゅっと握り合わせて、深呼吸をしていた。

　アンドルーがニックの視線をとらえ、ちょっと目を合わせたまま、金ごての土を棺に振りかけるために進み出た。二人とももうひとつの埋葬のことを考えずにはいられなかった。父はその真相を自分とともに墓へ持っていってしまった。あのべつの死体には棺はなかった。名前を刻む真鍮板もなかった。それでも、彼に、もしくは彼女に、別れを告げる機会を望んだであろう家族がいたはずだ。

墓所のかたわらの集団はゆっくりと教会墓地のゲートへと進み、そこでノーマ叔母が人々をひとわたり抱きしめたり愛撫したりするあいだ、ニックは静かにわきへよけていた。アーチーは彼女の後ろでよろよろしながら足を踏みかえていた。ウェラー夫妻は近くでうろうろしており、ジュリアン・ファーンズワースは集団のはずれで、おおげさな死者を悼《いた》む態度をとっていた。

ニックがざっと計算したところでは、ファーンズワースは七十代半ばだったが、疑わしいほどの黒髪とまっすぐな姿勢のおかげで、年齢より若く見えた。口の隅にしわがあるために、いつも微笑みかけているような表情に見え、きらきらする青灰色の瞳がいっそうその印象を強めている。年齢による肥満もなかったし、やつれてもいなかった。おおかたの学者より身なりがスマートで、小道のすこし先にとめてある、まわりから浮いているパリふうの古いシトロエンは、おそらく彼の車に違いなかった。彼はニックがこれまでに出会った、もっとも美しくマニキュアをほどこした考古学者だった。マイケル・パレオロゴスによると、これは彼が実際の考古学の発掘には携わらないからだった。彼は〝准将〟というニックネームさえつけられていたが、その由来は、その階級の海軍士官は実際に船には乗らないと一般に考えられているためだった。

だがいずれにしても、彼は旧友を見送るために三百キロもの距離を車でやってきたのだから、そこに何か意味があるようにとニックは願った。「ドクター・ファーンズワースですね？」彼は思いきって声をかけた。

「ニコラス」彼らは握手した。「こんな場合だとはいえ、またお会いできて嬉しいよ」

「憶えていてくださったとは驚きです」

「《デイリー・テレグラフ》のクロスワード・パズルのおかげだ」

「どういうことですか？」

「訓練することで記憶が保たれるんだ。非常に重要なことだよ」

「たしかに」

「りっぱな葬儀だったと思うよ」

「よかった。そう思っていただけて安心しました」

「引退には予定表に拘束されずにすむメリットがある、銀行預金の残高のほうはそうはいかないにしろ。それに事情が事情だから、やってこずにはいられなかった」

「事情が事情？」ニックはファーンズワースの口ぶりに妙な響きがあるのを嗅ぎつけたと確信した。

「じつはね、ごく最近、マイケルと話をしたんだ」

「そうでしたか」

「ああ、そうだ。彼は二十一日の日曜日に亡くなったんだね？」

「そうです。きのうの一週間前でした」

「それなら、そのほんの二、三日前だったよ、たしか」

「本当ですか？」ニックは実際ほどには好奇心をそそられていないふりをしようと努めた。「彼とどんなことを話されたか、お訊ねしてもかまいませんか？」

「いいとも。それは――」

「失礼ですが」声が割りこんできた。「パレオロゴスさんですか？」

振り向いたニックは、老人の斜視の眼差しと目が合った。ぼろぼろのオーヴァーコートに黒いスーツと白いシャツという服装だが、ネクタイはしめずに、シャツのボタンを首のところまでとめている。身長は百五十センチそこそこしかなく、手足が柔軟でホイペット犬のような体つきだ。片手にはこげ茶の帽子を持ち、もう片方の手にはくしゃくしゃの葬儀式のコピーを持っている。白い髪はあまりにも短く切ってあるために、まるで頭にうっすらと埃をかぶっているようだ。顔は細くてしかめっ面。押さえつけられたような瞼《まぶた》の奥から黒い瞳がきらきら光っている。

「墓場まで行くのはふさわしくないと思ったんだが、そのう、家族でもなんでもないんでね。でも、あんたがたは教会のうしろにいるわしを目にとめなかったようだから、帰るまえに、ちょっと自己紹介したいと思ったんですよ。わしはフレデリック・

デーヴィーです」

ニックは狼狽《ろうばい》を微笑で隠し、デーヴィーと握手した。「わたしはニコラス・パレオロゴスです。こちらはドクター・ジュリアン・ファーンズワース。父の昔の同僚です。お会いできて嬉しいです、デーヴィーさん。このあたりにお住まいですか？」

「いや、違います。ティンタジェルです。新聞の死亡広告を見なかったら、わしはこのことを知らなかったところです」

「車でいらしたんですか？」ニックがそんなことを訊ねたのは、ひとつには、デーヴィーが運転してきたと思われる車が小道にとめてあるのに気づかなかったからであり、さらには、ごく当たり障りのない話題の域を超える勇気がなかったからだった。

「わしは車は持ってません。そんな余裕はないんで」

「それなら、どうやってここまできたんですか、デーヴィーさん？」ファーンズワースが訊ねた。

「プリマスからバスでペインターズ・クロスまできて。そこからは歩いてきましたよ」

「ペインターズ・クロスから歩いたんですか？」ニックは心の底から驚いた。

「ほかに方法がなかったんです。わしがここにくるとなると。なんか、くるべきだと思ったもんでね」

「マイケルとはどういう知り合いだったのかな?」ファーンズワースが訊いた。

「誰と?」

「わたしの父ですよ、デーヴィーさん」とニックが言った。

「ああ、すみません、そうですね。なにぶんにも、彼のことはいつも……パレオロゴスさんと思ってたんで。そう、はじめて会ったときには、息子のパレオロゴスさんでしたがね。彼はそのころ、城の発掘で父親の手伝いをしてましたよ」

「発掘?」とたんに、ファーンズワースの考古学者としての意識が目覚めた。

「はあ、ドクター・ラドフォードのもとで」

「一九三〇年代のティンタジェルの発掘のことですか?」

「それでしょう」

「これはこれは。そいつは興味ぶかい。あなたはどんな作業にかかわったんです、デーヴィーさん?」

「はあ、わしは下準備をするための石を切りだす作業に連れてかれたんです。わしと、ほかにも適当なのが数人。あれはあんまり科学的な作業じゃありませんでしたね、いま振り返ってみると」

「じつに魅惑的だ」ファーンズワースの表情が、皮肉を言ってるのではないことを示していた。

「そろそろ家に戻らないとね、ニック」アイリーンがふいに彼らのあいだにあらわれて、そう告げた。「ごいっしょしていただけますでしょう、ドクター・ファーンズワース？」

「喜んで」

「そして、えー……」

「こちらはデーヴィーさんだ、アイリーン」ニックが彼女の視線を受けとめた。「テインタジェルからおみえになったんだよ」

「帰りのバスは何時ですか、デーヴィーさん？」ファーンズワースが問いかけた。

「五時十五分前。一日に一本しかないんですよ」

「じつに不便ですね。それでも、わたしが途中まで送っていってあげられますよ……いっしょに暇乞《いとまご》いすれば」


そういうわけで、ジュリアン・ファーンズワースの親切な申し出によって、トレナーでの遅いビュッフェ・ランチに集まった人々のなかにフレッド・デーヴィーも加えられた。全部で十五人で、プルーが食事を用意した人数より多かったけれど、彼女が見積もった必要な量には充分に余裕があったから、デーヴィーがすぐさま彼女のつくったソーセージロールをたいらげてしまう健啖《けんたん》ぶりを発揮しても、そのほうがよかったぐらいだった。

　しかし、彼が出席したことはべつの意味で、はるかに厄介な問題だった。彼に関する情報がニックのきょうだいのあいだに伝えられると、彼らだけにわかる緊張がその場の空気に入りこんだ。彼らが父の死後すぐに焼却してしまった遺言書に、彼は証人として署名していた。彼とマイケル・パレオロゴスが六十年以上もまえに同じ発掘にたずさわったというだけで、彼がティンタジェルからはるばるやってきたとは信じられなかった。台所でひそひそと作戦会議がおこなわれた。アイリーンがバスクコームを独りで引き受けることになった。明らかに彼とデーヴィーは引き離しておかねばならなかった。アンナの役割はローラとトムがいたずらをしないように見張ることで、バジルの役割は、アーチーとノーマをウェラー夫妻との会話に誘いこむように努力することだった。そしてアンドルーは、デーヴィーとコーンウォールの伝説を語り合うことになった。そうすれば、ニックはファーンズワースが最近、父親と接触した件に探りを入れることが可能になり、その任務には彼がもっとも適任だと全員が認めた。

　マイケル・パレオロゴスの考古学の書物のコレクションを見せるために、ファーンズワースを書斎におびきだすことで、彼は巧妙にその任務にとりかかった。ファーンズワースが数冊の本の背に指を触れたところで、すぐさまニックは、教会のゲートにデーヴィーがやってくるまえに、二人で話していたことを彼に思いださせた。

「ああ、そうだったな。その件では、ここでデーヴィッド・アンダーソンに会えるものと半ば期待してたよ」

「そうでしたか？」

「じつはわたしがマイケルと話したとき、彼はアンダーソンにも連絡をとったと言っていた。あの若者は、彼のくそまじめな性格からして、自分でちゃんとその仕事をやっただろう。マイケルが彼に何を頼んだにせよ、理想的な選択だったことは間違いない」

「エクセター大聖堂の図書館で、ある保管文書を調べるように頼んだんです」

「ほう。それならきみは、マイケルの調査の内情に通じてたんだな」

「いくぶんかは。先週、デーヴィッド・アンダーソンと話をしたんです。彼はきょう、ここへきたかったんだと思いますが、授業があるためにこられなかったんです」

「じつに残念だ、それは。マイケルは彼にエクセターで何を探らせてたんだね？」

「マンドレルという名前の、十七世紀のこの家の住人に関してでした」

「ほう、そうなのか？」ファーンズワースの表情にはなんの反応もあらわれなかった。

「彼はあなたには……マンドレルのことを話さなかったんですか？」

「全然。たぶん、それだけの分別があったんだろう。わたしは歴史学者じゃないからね。マイケルの意見では、たいした考古学者でもないようだが。そうなるには、ちゃんと両手を汚さねばならないそうだ」

「では、おやじはどうしてあなたに電話したんですか？」

「昔の知り合いについて調べるためだよ。わたしのおおいに得意とする分野だからね。だが、結局は彼を手伝えなかった」

「その昔の知り合いって誰なんですか？」

「ディグビー・ブレイボーン。聞いたことはあるかね？」

「ないと思いますが」

「きみが聞いてるはずだという理由はないよ。マイケルの同期生で、やはり考古学者だ。短いあいだだったが、ブレイズノーズ・カレッジの評議員だった。愉快な人物で、彼にはひとつ、ふたつ、なつかしい思い出がある。あることで嫌疑をかけられたために、オクスフォードを去ったようだ」

「どんな嫌疑ですか？」

「しばらく刑務所に入らねばならないようなものだ。わたしの記憶では詐欺だよ。ある大きな競売会社のために偽の遺物を本物だと認証し、それによって大学の評判を落とした。そんなことがあれば、そのあとはカレッジの駐車スペースなど必要ではなくなるだろうよ。陪審がどんな判決をくだそうが、ディグビーにとってはそれは追放だったわけだ」

「それはいつごろのことですか？」

「うむ、もう四十年以上まえのことに違いない。ちょっと待ってくれ。そうだ。たぶん、五七年の第一学期だったよ」

「それで、ブレイボーンは刑務所に入ったんですか？」

「残念ながら。わたしは二度、レディングの刑務所へ面会に行ったが、わたしならそれを親切な行為だと考えただろうに、彼はくるのはやめてくれと言ったんだ。だから、わたしはやめた。彼に会ったのは、それが最後だよ。彼はオクスフォードへは戻ってこなかった、大学へも、街へも」

「彼に何があったんですか？」

「かいもくわからんよ。マイケルにも話したように。だが、ともかく……わたしは訊ねてまわることを承知した。けれども、やはり何も見つからなかった。むだな追跡だった」

「こんなに年月が経ってから、どうしておやじは彼を見つけたいと思ったんでしょう？」

「昔の軍隊仲間の懇親会のためだったようだ。彼らは戦争中、いっしょに服務してたんだ」

「彼らが？」ニックは戸惑いを覚えた。彼が知るかぎり、父親は一度も連隊の懇親会に参加したことはなかった。自分の軍隊時代について、彼が思い出に浸ったり詳しく話したりすることはなかった。父親が語ったところでは、彼は個人的に多くの危険を冒すこともなく、国王と国家のために相応の奉仕をしたということだった。キプロスで戦争がおこなわれたあいだも、都合よくどの戦闘にも巻きこまれずにすんで、のんびりと過ごすことができたということだった。「彼らはキプロスでいっしょだったんでしょうか？」

「そうかもしれない。二人とも地中海地方に配置されていたと話したのを憶えている。だが、あれはキプロスだったかな？」

「おやじはいつもそう言ってました」

「それなら、そうに違いない。もちろん、彼らは……ほかの場所も通ったとは思うがね」

「ええ、そうだったかもしれません」

「誰にわかるだろう？」

「そう、ディグビー・ブレイボーンになら」

「たしかに。だがディグビーはどこにいるんだ？」ファーンズワースは微笑した。「あの男らしいよ、まったく。会いたいときに見つからんとはね」

パーティはこれといった出来事もなく、尻すぼみになって終わった。アーチーは予想外ではなかったが、酔っぱらってしまった。アンナはファーンズワースのいたずらを逃れることができた。ウェラー夫人がローラの学校の昔の生徒だったとわかり、そのことはローラよりも夫人をおおいに喜ばせた。そしてフレッド・デーヴィーは、バスクコームと遺言書について話すチャンスがなかった。しかしながら、ファーンズワースはティンタジェルへ彼を送っていく途中で、どんなことを話すチャンスを彼に与えるつもりかと考えると、それはそれで同じぐらい気のもめることだったが。

概してあまり悲しげではない会葬者たちが去ってしまってからも、ニックと彼のきょうだいたちは、彼らに襲いかかった運命の逆転と、そこから派生するあらゆる問題について自由に検討することができなかった。

全員で協力して、せっせと片づけたり食器洗い機に食器をつめこんだりしたおかげで、プルーの帰る時間をかなり早めることはできたものの、ローラとトムが祖父の二つ目の遺言書について何も知らない——二人に知らせるわけにはいかない——という事実が、なおも彼らを拘束していた。言うまでもなく、ニックとアンドルーは自分たちのぞっとする秘密、遺言書を燃やしたことさえ取るに足りない行為に思えるほどの秘密を抱えていた。だが、それを話すことはできなかったし、ニックはミルトン・

キーンズへ戻るまえに、どうやって話す機会をつくればいいのかもわからなかった。

「じゃあ、その金に関しては〝今では、もう手に入らないと思ってる〟ってことだね」トムが無頓着にそう発言したのは、葬儀についての話し合いがひととおり終わったときで、彼は数えきれないほどワインのグラスをかさねたあと、さらにグロールシュのビールをひと瓶飲んでいた。

「そのハートリーって人はあなたたちをかついでただけなんでしょう？」ローラが訊いた。

「明らかにそうね」アイリーンが答えた。

「そのことをどうするつもりなの？」

「わたしたちにできることは何もないわ」

「彼女を追跡することはできるよ」トムが言った。

「どういう目的で？　彼女はわたしたちをかついだけど、実際に詐欺をはたらいたわけじゃないわ」

「それでも」ニックが口をはさんだ。「ぼくはあした、帰る途中でブリストルに立ち寄って、本物のエルスペス・ハートリーがボストンにいることを確かめる方法があるかどうか、調べてみようと考えてた」

「あした帰るのか？」それを聞いて、アンドルーはショックを受けたように見えた。

「水曜日にオフィスに戻ることになってるんだ」

「人生は続いていくのよ」アンナが言った。「それに仕事も。もう目標はないけれど。タントリスは煙のなかに消えてしまったものね」

「まだ家を売ることはできるのよ」アイリーンがなだめた。

「そうね。でもそんなにすぐには売れないし、そんなに利益もあがらないわ」

「騙した本当の目的はなんだったの？」トムが訊ねた。「あなたたちが言ったように、実際に詐欺がからんでないのなら、そんなことをした目的はなんだったのさ？」

「わからないわ」アイリーンが答えた。

「でも、目的があったはずだよ」

「おそらくね」

「理の当然だよ。とにかく、おじいさんはトリスタンとイゾルデとの関連を即座に見つけた。おじいさんにはタントリスが偽者だとわかってたんだ、そうだろう？」

「そうね」

「それなら、どうしてそのことを暴露しなかったんだろう？」

「したじゃないか、トム」バジルが言った。「おやじはおまえにそれを知らせたよ」

「ああ、でも、それがなんの役に立つんだよ？　知る必要があるのはあなたたちだった。どうしておじいさんはあなたたちに話さなかったんだろう？」

それはいい質問だった。が、同時に、誰にも答えられない質問だった。とにかく、彼らが納得できるような答えはなかった。とはいえ、ニックの脳裏にはぞっとする可能性が根をおろしていた。マイケル・パレオロゴスは最初からエルスペスを見破っていた、みんながそう考えているように。だが、セラーの下の穴に横たわっているものを承知していたがゆえに、はっきり告げることができなかった。彼にはトムにメッセージを送るしか方法がなかった、トムが近い将来にこっちへやってくる可能性はきわめて薄いとわかっていたからだ、家族の誰か——たとえば、彼の祖父——が死ぬといったようなことでも起こらないかぎり。マイケル・パレオロゴスは子どもたちに警告を与える気だったが、それは、彼がもう自分のやったことの責任を負う必要がなくなった場合にのみ与えられることになっていたのだ。そう考えると、彼はたしかに自分の死を予見していたことになる。そして、予見された死は事故の可能性が低い。

アイリーンとローラは日が暮れるころに立ち去った。アイリーンはその夜は〈オールド・フェリー・イン〉で、いつもどおり商売をしなければならなかった。金の卵を産むはずだったガチョウが飛び去った以上、これから先の多くの夜もそうだった。アイリーンがきょうの午後のように自分を抑えることなく、もっと遠慮なく自由に話したいと思っているのは明白だったが、自制心があるからこそ、彼女の値打ちがあるのだった。

アンナについては同じことは言えなかった。彼女は怒りでいらいらしていて、口にはださなかったものの、それが見え見えだった。トムが、外へ出ていって、一服やりながら夜の空気を吸ってくると告げたとき、誰もすすんでいっしょに行くとは言わなかったが、それは、一服というのが——彼の父親が指摘したように——煙草のことではなさそうだという理由からではなかった。今の状況のなかで遠慮なく話し合えるチャンスを歓迎したからだった。

「デーヴィーは親類のデメトリウスについて訊ねたの、アンドルー？」トムが出ていくなり、アンナはすぐにそう問いかけた。

「いいや。訊ねてたら、おれだってあんなに不安にはならなかったんだが。だって、彼は知ってるに違いないんだからな、そうだろう？」

「そうとはかぎらないよ」バジルが応じた。

「彼は知ってるさ」アンドルーは言い張った。「一族の人たちはみんな出席してるのかと彼は訊いた。出席していないことがはっきりわかる立場でなければ、どうしてそんなことを訊ねる？」

「他意はなかったのかもしれない」

「他意はないだと、ばかな」

「彼には何も証明できないわ」アンナが言った。

「それが正しいように願おう。彼が遺言書のべつのコピーを持っていたら、この窮地から回収できるはずのわずかな金すらもぎ取られるんだぞ」

「わずかな金ではないよ」ニックが言った。

「おまえが言うのは簡単だ」

「実際はそんなに簡単じゃないよ、アンドルー。ぼくだって兄さんと同じように自分の首を危険にさらしてるんだ」

二人の兄弟は一瞬、見つめ合った。セラーで死体を発見したとき、アンドルーが自分たちのやらねばならないことをやるんだと説得したことで、ニックは兄を責めていた。あのとき警察へ行っていたら、今になって、自分たちはどこまで深みにはまってしまったんだろうと悩まずにすんだのだ。それを口にだして言うことはできなかったが、彼の眼差しには、彼の意図したとおりの非難がこもっていた。

「わたしたちはみんな自分の首を危険にさらしてるのよ」ニックの言葉の真意には気づかずにアンナが言った。「小学生のように口げんかしても、なんの役にも立たないわ」

「まるでアイリーンみたいだな」バジルがひやかした。

「黙りなさい、バジル。これは重要なことよ。ねえ、ニック、父さんがヴェネツィアの親類に言及したのを聞いたことがあると、ファーンズワースは仄《ほの》めかさなかった？」

「仄めかさなかったよ」なぜかニックは、詳《くわ》しく答える気になれなかった。

「よかった。デーヴィーが遺言書のコピーを持ってるかもしれないと考えるのは妄想だわ。わたしの考えでは、遺言書はわたしたちが破棄した一通きりよ」

「それが当たる確率は？」アンドルーが不機嫌に訊ねた。

「わたしたちがゲットできる最高の確率。わたしも兄さんにおとらず、このすべてに腹を立ててるわよ、アンドルー、でも――」

「それはどうかな」

「わかったわ。お望みなら、あなたが一番ってことにすればいい。かまわないわよ。あのハートリーって女をつかまえてやりたいけど、そのチャンスが手に入るとは思えない。彼女がどうしてわたしたちにあんな残酷ないたずらをしたのかわからないけど、ただひとつの道は――」

「理由があるはずだよ」バジルが口をはさんだ。

「ほんとに？」アンナは彼を見つめた。「じゃあ、その理由はなんなの？」

「わからない」

「そのとおりよ。あなたにはわからない。わたしにもわからない。わたしたちにはわからない。そしてエルスペス・ハートリーにしても、わたしたちに理由を見つけさせるつもりはないと思うわ。だから、それを有効に利用することだけを考えましょうよ」

「そうか。最後の手段に徹するという悟りだな」

「先週、暖炉にあの紙切れをくべたおかげで、わたしたちにはこの家が——ここの価値に相当する金額の平等の分け前が——手に入るわ。今、重要なのはそれだけよ。ほかのすべてははずれた籤《くじ》にすぎない。そのことは忘れなければ。ローラが学校へ戻ったら、わたしからアイリーンに話すけど、彼女は賛成するに違いないわ。エルスペス・ハートリーなんて聞いたこともないってふりをして、わたしたちは進んでいくべきよ」

「親類のデメトリウスのことはどうなんだ？」アンドルーが訊いた。

「彼についても同じよ。じつのところ、とりわけ彼に関してはそうすべきだわ。わたしたちはここできっぱり線を引かなければ、いいわね」アンナはジントニックをぐいとあおった。「そして、先へ進んでいくの」

先へ進むことはまさしくニックの望んだことだった。彼としては、ミルトン・キーンズでの単調で決まりきった日常生活が、前の週の出来事を忘れさせてくれるように願うしかなかったのだ。ほかの者たちが帰ったあと彼は書斎へ行って、壁にかかっている、一九三五年の夏にティンタジェルで、父と祖父がローリー・ラドフォードといっしょに写っている写真を眺めた。マイケル・パレオロゴスはそのとき十九歳だったが、中年ふうのツイードを着こんで、まじめくさった顔つきをしているために、年齢より老けて見えた。背景には、ニックがこれまで気づかなかった二つのぼやけた人影が写っている。二人の作業員がシャベルにもたれてカメラのほうを見ているが、溝のなかに立っているために見えているのは腰から上だけだ。彼らの一人がフレッド・デーヴィーだろうか？　ニックは長いあいだじっと見つめたが、はっきりわからなかった。彼かどうかが重要だったわけではない。いずれにしてもデーヴィーは実際にあそこにいたのだ。そして、ニックにはまだわかるはずのないある意味で、そのことこそが重要だったのである。

父親がセラーに隠してあったものがニックの心の目に焼きついていた。眠りによってその場へつれ戻された彼は、石板が持ち上げられるのを見守り、肉のない頭蓋骨の瞬《まばた》きをしない凝視がぱっと明かりに照らしだされるのを見た。それから逃れようとしてはっと目が覚めた、一度ならず、二度ならず、三度も。そのあいだに夜がゆっくりと推移し、暗い静寂の時だけが流れていった。

ニックは夜明けまえに起きだして、洗面をすませ荷物を詰めた。今はここを離れて独りきりで帰途につくことだけを望んでいた。プルーがくるまで待っていると言ってあったのだが、待つよりも彼女宛てにメモを残すことにした。あわただしく朝食をとってから、陰鬱な霧雨の降る日の明け方おそくに、彼は旅に備えてタイヤを調べフロントガラスの洗浄液をいっぱいにするために、外へ出て車のところまで歩いていった。

タイヤの測定器はグローブボックスに入れてあった。それを取りだすために助手席のドアを開けたとき、運転者席に、それまではたしかになかったものが置いてあるのが目にとまった。それは封をされていない大きな茶封筒で、明らかに何かぶ厚いものが入っている。封筒の表にはフェルトペンを使って、大文字で次のように宛名が記されていた。〝プリマス、クラウンヒル警察署、ワイズ巡査〟

ニックはちょっと封筒を見つめたまま、何が入っているんだろう、それに、どうやってここに置かれたんだろうと考えた。窓はどれもこじ開けられていなかったし、車はたしかにロックされていた。誰かが彼のキーを借用したに違いない。前日の朝、プリマスからトレナーへ戻ってきてからは、キーはコートのポケットに入れたまま玄関にかけてあった。葬儀のあとのパーティのときに、誰かがそれを持ってこっそり中庭へ出ていき、それからまたこっそり戻ってきたに違いない。それはむずかしいことではなかっただろう。便所へ行くぐらいの時間しかかからなかったはずだ。だが、誰がそんなことをするだろう？　誰が――そして、なぜ？

ニックは封筒を取り上げ、中身を目の前のシートの上にするっと落とした。それはビデオカセットだった。誰がそれを置いたにせよ、その人間は何かを彼に見せたかったのだ――警察がそれを見るまえに。

数分後、ビデオの再生が始まったとき、ニックは応接間でテレビの画面をじっと見つめていた。

それは夜に赤外線カメラで撮影されたものだった。その粒子のあらい白っぽい画面には、テレビニュースの交戦地帯のフィルム映像で見覚えがあった。だが、これは交戦地帯ではなかった。これは『ストレンジ・デイズ』の映画にでも出てきそうな、ボドミン・ムーアの怖ろしげな夜の世界だった。カメラは隣接地も網羅《もうら》できるだけの長い距離に焦点を合わせてあり、カラドン・ヒルの送信塔や、もっと遠くのキット・ヒルの山影を写しだしていた。そのあと、カメラがぐるっとまわって、もっと近くのものに向けられた。フェンスで遮られた茂みとイバラの生い茂る場所。ニックにはそれがどこかはっきりわかった。それに、これから見ることになるシーンがすでにわかっていた。

一台の車、その形からして明らかにランドローヴァーが斜面の下の道路のわきにとまった。ライトが消えた。数分が経過してから、二つの人影が車から出てきてあたりを見まわした。人物の認定は容易ではなかっただろうが、ニックには彼らを簡単に見分けられた。彼らはランドローヴァーの後ろのドアを開け、百八十センチぐらいの長さの包みをだして、それを斜面の上へ運び、ついにカメラから二十メートルほどのところまでやってきた。彼らはフェンスの下半分を持ち上げ、一人が包みを引きずりながら、這ってその下をくぐり抜けた。もう一人が懐中電灯をつけ、フィルムに酸がはねかかったかのように光が丸くひろがった。包みが前方へ押しやられ、見えなくなった。懐中電灯が消された。フェンスのなかの男がまた這いながら外へ出てきてから、彼とその連れは斜面を引き返していった。

彼らがランドローヴァーに乗りこむや、カメラが移動しはじめ、カメラを操作している者が急いで彼らを追って斜面をおりていくあいだ、画像がゆらゆら揺れた。車はスリー・ポイント・ターンをして向きを変えたが、その二番目の逆向きになる操作が終わったときには、カメラは後ろのバンパーからわずか数メートルのところに迫っていて、レンズがすばやくナンバープレートに焦点を合わせた。ナンバーがふいにはっきりと読みとれたが、その二、三秒後にはランドローヴァーは前進し、ライトをつけて加速しながら小道を走り下りていった。そのとき車に乗っていた者たちは、さらにスピードをあげながら、自分たちがここにやってきた痕跡はまったく残していないと確信していたのだった。

12

「カーウェザー農場です」

「ぼくだよ、アンドルー」

「ニック？　早くから起きてるんだな」

「ああ。あのね、えー、トムはいつ出発するの？」

「十一時の列車だ。どうしてだね？」

「彼が帰ったあとで兄さんに会いにいってもいいかな？」

「そりゃいいが。しかし、おれには続けなきゃならないことがある。農場をやってるんだからな」

「重大なことなんだ。すごく重大な」

「おまえはきょう帰るつもりだと思ってたが」

「どうしても見せなきゃならないものがあるんだ、アンドルー。本当だよ」

「なんだね？」

「電話では説明できない。兄さんはビデオは持ってるよね？」

「ああ。だから？」

「だから、正午ごろに待っててくれ。トムには何も言わないでね」

出かけるまでの待ち時間に、ニックには自分たちの状況を考える時間がたっぷりあった。粒子のあらい映像のすべてが心に焼きつけられるまで、彼は何度もビデオを再生した。あの夜、誰がビデオを撮ったにせよ、その者の動機を論理的に推理しようとしたが、むだだった。このことで自分たちがどうすべきか決めようとしたが、やはりむだだった。

プルーがやってくるはずの時間よりすこしまえに家を出て、トムの出発まえにカーウェザーに到着する危険を確実に避けるために、ローンセストン経由の回り道を選んだ。中庭へ入っていったときには、実際に正午すぎになっていた。アンドルーは不機嫌だった。ニックからの電話が彼を不安にさせていて、トムに自分の精神状態を隠さねばならないのが、かなりのストレスだったのだ。だが、もちろんそれは、ビデオを見ることによって彼が投げこまれた精神状態とは比べものにならなかった。

「ちくしょう」ビデオの再生が終わったとたん、彼はつぶやいた。「ちくしょう、なんだよ、これは」

「もう一度、見たいかい？」

「なんだって？」

「もう一度、見たいかと訊いてるんだ」

「いや」アンドルーは目をこすって、なんとか考えをまとめようとした。「二度と見たくない」

「ぼくたちが好もうが好むまいが、これは存在するんだ。これが一枚きりのコピーだと考えるのは単純すぎるよ」

「封筒を見せてくれ」

「そら」ニックは手渡した。

アンドルーは数秒間、名前と住所を凝視した。「これはどういうことなんだ？」

「わからんよ。ぼくの車にこれを置いたのが誰にしろ、その者はぼくたちに何かを告げたいと思ってる。これは彼らのメッセージだ。自分たちはこれを警察へ送るつもりだ。自分たちはこれを送ることができる。自分たちはもうすでにこれを送った」

「警察はこれをどう考えるだろう？」

「これだけなら、たいしたことないよ。われわれはカーペットをゴミ捨て場以外のところへ捨てるために、とんでもないことまでやるかもしれんだろう。けれども、それはカーペットよりすごいものだと示唆する手紙が添えられていれば……」ニックは肩をすくめた。「彼らは捜索しなければならないだろうよ」

「カラドン・ヒルの送信塔の方向と距離から、彼らには立坑のある場所がわかるだろうな」

「そうだね」

「それなら、彼らは死体を見つけるよ」

「ああ」

「それから、おれを捜しにくる。おれの登録ナンバーがはっきり見えてるからな」

「うむ」

「くそっ」アンドルーは封筒を落として立ち上がり、窓辺へ歩いていった。彼は濡れた吹きさらしの中庭をちょっと見つめていた。それから、ふいに窓から離れてテレビのほうへつかつか近づくと、ビデオ・プレーヤーのボタンを押してカセットをレリーズし、機械から取りだした。「誰がこんなことをしたんだ、ニック？」彼はそう訊ねたが、それはほとんど口先だけの問いかけだった。

「葬儀のあとのパーティのときに、誰かがぼくの車のなかに置いたに違いない。ぼくのコートはポケットにキーを入れたまま玄関にかけてあったから」

「それで範囲が狭まるな」

「二つの範囲に分けられると思う。明らかに、家族とプルーとバスクコームとウェラー夫妻は容疑者からはずれる。そうなると、残るのは……」

「ファーンズワースとデーヴィーだ」

「ああ」

「そのどちらかだ」

「あるいは、二人ともだよ。彼らはいっしょに立ち去ったよね？」

「しかし、彼らにはこれは撮れなかっただろう」アンドルーはカセットを手のひらにぴしゃっと叩きつけた。「彼らのどちらもそれほど敏捷じゃない——というか、実際にやるのはむりだと思う」

「ぼくもそう認める」

「それなら、エルスペス・ハートリーとしか考えられない」

「そんなふうに見えるな」

「彼女は死体があそこにあることをずっと知ってた、違うかね？　すべてはそういうことだったんだよ。おれたちが土曜日の朝にミニオンズへ行ったとき、彼女はつけてきて、おれたちがあの立坑のまわりをうろつくのを見てた。だから、おれたちをどこで待ち伏せすればいいかわかってた。おれたちは彼女の期待に背かなかったってわけだ、そうだろう？」

「たしかに彼女は、いつもぼくたちより一歩先んじてたようだ」

「ああ。今もまだそうだよ。彼女はおれたちがこのビデオをどうすると考えてるのか

「さあねえ。彼女が通報するまえに、警察へ行くチャンスをぼくたちに与えようとしな？」

てるのかもしれない」

「どうしてそんなことするんだ？」

「わからないよ。それどころか……」

「なんだね？」

「そもそも彼女が何かやる理由がぼくたちにはわからないんだ。事実、彼女については何ひとつわかっていない」

「ただし、彼女が手を組んでるやつらはわかってる」アンドルーは手でつかんだカセットを見おろした。「そいつらは後ろにひっこんで、おれたちがどんなふうに動くか静観しながら、おれたちをあざ笑い、おれたちをだしにして楽しんでるんだ」

「わからないよ、それは――」

アンドルーがカセットのプラスティックのふたの下に指をつっこんで、ふたもろともテープのループをねじり取ったとたん、バリッと大きな裂ける音がした。それから彼は荒い呼吸をしながらテープの残りを引っ張りだしはじめ、彼の手のなかでテープがひと塊になってもつれ合い、ついにはリールの最後のところでプチッと切れた。彼は空っぽのカセットを床に投げ、ごちゃごちゃのテープの塊を持って台所に向かった。

「どうするんだよ?」

返事がないので、ニックが彼のあとを追って台所に入っていくと、アンドルーはレンジのかたわらに立って、横木によりかかりながらテープを火のなかに投げこんでいた。彼は音を立ててふたを元どおり閉めてから、ゆっくりこっちを向いた。「燃やしたところでむだな努力だと、おまえは言うんだろうな?」

「ぼくたちは想定しなきゃならない――」

「何を想定しなきゃならないかわかってるさ」アンドルーはコートをつかんでドアに向かった。「いまいましい最悪の事態を、そうだろう?」

「どこへ行くんだね?」

彼の背後でドアのぴしゃっと閉まった音がアンドルーの返事だった。ニックは追いかけようとしたが、すぐに思いとどまった。そんなことをしてなんの役に立つ? 何を言ったところで、アンドルーは耳を貸さないだろう。中庭から「動くな!」と犬に命じる怒鳴り声が聞こえたあと、ランドローヴァーのエンジンをかける音がした。すぐに轟音《ごうおん》を響かせて車影が窓を通りすぎた。アンドルーは行ってしまった。

数分後、ニックはトレナーへ戻っていった、今度は直線ルートを通って。最善の結果をうるために何をすればいいかわからなかった。警察へ行くべきか？　それとも、ミルトン・キーンズへ戻って、何が起こるのかじっと待つべきだろうか？　エルスペスが自分たちに選択のチャンスを与えたのはなぜか？　彼女は自分たちが何をすることを望んでいるんだろう——あるいは、期待しているんだろう？

彼の心には疑問があふれているのに、答えは皆無《かいむ》だった。厳密に言えば、エルスペスがビデオの犯人だとは断定できなかった。それに、ビデオをニックの車に置いたことに、ファーンズワースかデーヴィーが関わっているかどうかもはっきりしない。とはいえ、ほかのどんな方法で置くことができたのか想像がつかなかった。あとでもう一度、アンドルーがもっと冷静になったときに、彼と話し合って進むべき道を見つけねばならないだろう。それまでは——。

ふいにひとつの考えが頭に浮かんだ。車にビデオを置いたのが誰であれ、その者は当然ながら、勝手にトランクのなかを見ることができたはずだ。ニックはそこに、父親が保管していた彼の神経衰弱に関するファイルの中身を入れた封筒を置いてあった。あれはまだそこにあるだろうか？　彼はフロアにぐっと足を押しつけ、早く次の待避線にたどり着こうと必死でスピードをあげた。

トランクのなかは無事だとわかった。封筒は触れられたようには見えなかった。ニックは開いたトランクのかたわらに立ち、冷たいムーア地帯の空気にさらされながら、自分が正気を失っていたときの証拠文書を繰っていった。何もかもちゃんとそろっていた、すべての手紙、すべての請求書、それにもっと多くのほかのものも。

指で追ううちに偶然見つけたのだが、そのなかには、彼が出席することになっていなかった卒業式の印刷されたプログラムもあった。それを抜きだして、ちょっと見つめた。〝来客の評議員会館への出入りは、さまざまなカレッジの学位取得者の発表の合間の休憩時間だけにお願いします〟上部にそう記されている。〝写真撮影ならびに喫煙は禁止されています〟日付が入っていた。〝一九七九年六月二十九日金曜日〟そして、整然とならんだ縦欄のなかにびっしり名前が記されている。探せば、欠席で学位を取得する人々のなかに、彼自身の名前も見つかるはずだった。彼の父がプログラムを送ってくれと頼んだに違いない。さだめし父がみずから誇らしげに立ち会いたかったであろう式典の、小さな胸の痛む記念の品だった。だが実際には、そうではなく——。

そのときだった、ニックがエルスペスの兄のことを思いだしたのは。彼女はその日、兄が学位を取得するのを見にいったと話した。もちろんそれは、ニックの神経衰弱についていて彼女が知っていたことにたいする説明として、考えだされた嘘だったに違いない。だが、どうしてそんなことを言ったんだろう？　それによって彼女は何を得たというのだ？

それとも、もしかしたら、あれは事実――彼女が話した、たったひとつの嘘ではないこと――だろうか？　ニックはトランクを閉め、プログラムを持って車に戻った。自分の探しているものがわからないまま、彼は名前に目を通しはじめた。明らかにハートリーではない。だが、どこかの、誰かだ。キングズ・カレッジ、トリニティー・カレッジ、セントジョンズ・カレッジ、セントピーターズ・カレッジ、クレア……。「これだ！」自分がそう言うのが聞こえた。クレア・カレッジのリストを見ていくうちに、その場所でとまった彼の指が震えていた。ブレイボーン、ジョナサン・チャールズ。

ニックがトレナーに到着したとき、ちょうどプルーが帰ろうとしているところだった。彼はプルーに、すくなくとももう一日、滞在することになると告げ、帰っていく彼女を見送った。そのあと、せっせと電話をかけたが、ほとんど成果はなかった。クレア・カレッジにはジョナサン・ブレイボーンの現在の住所はなかったし、たとえあっても、すすんで教える気はないようだった。けれども、手紙を転送することは喜んで引き受けるというのだ。ブリストル大学は賢明にも、エルスペス・ハートリーに関する現在の情報なら、ボストン大学に問い合わせてみるようにとニックにすすめた。そこの交換台は彼女にメッセージを残したらどうかと提言した。大学の記録には彼女の現在の住まいまでは記載されていなかった。ニックはあまり当てにもせずに、彼女に電話をくれるように伝えてくれと頼んで、それで終わりにした。

　そうした次第だったから、せっかくの突破口もなんの成果ももたらさなかった。それが現実の状況だった、運動すれば頭がはっきりするかもしれないと願って、小道のあたりをひとつ走りするために出かけたとき、それが、冷酷にもニックが直面していた現実の状況だったのだ。運動したことである程度の効果があった。ジョナサン・ブレイボーンとエルスペス・ハートリー――本物のエルスペス・ハートリー――は、注意をほかにそらすものだと、彼はふいに悟った。彼らを追跡するのは気を散らすことでしかない、おそらくは相手の目論見《もくろみ》どおりに。ただひとつ確実なものは、ホプキンズ・アンド・ブロードハーストに預けられた金だった。あれは誰に返却されたんだろう？　本当に重要なのは、それにたいする答えだった。

　トレナーに戻って玄関ドアを開けたとき、電話が鳴っていたので息を切らして玄関に駆けこんだ。こっちの電話の伝言にこたえて、本物のエルスペス・ハートリーがかけてきたのだろうかと考えながら、彼はいそいで受話器を取り上げた。だが、違っていた。

「ニコラス？　やれやれ、やっときみをつかまえたよ。こちらはジュリアン・ファーンズワースだ」

「ドクター・ファーンズワース？　どんなご用でしょう？」

「わたしはティンタジェルから電話してる」

「そこで何をしてらっしゃるんですか？」

「オクスフォードへ戻るまえに、ここで数日すごすことにしたんだよ。だが、それが本当の用件じゃない。きみの兄さんのことで電話してるんだ」

「わたしの兄？」

「アンドルーだ」

「はあ？」

「彼は非常に奇妙なふるまいをしているよ。わたしはデーヴィーさんの家で彼に会ったんだ」

「デーヴィーとごいっしょだったんですか？」

「そうだ。発掘に関してもうすこし彼に訊ねたかったんだ。そこへきみの兄さんがやってきた。彼は興奮していたと言ったのでは、控えめな表現だ。彼はわれわれをなじった……そう、彼にたいして――それにきみたちにたいして――何かの陰謀を企てたと言って。それはまったく意味をなしていなかった。彼は暴言を吐き、わめきちらした、と言うのが公正な表現だろう。彼が立ち去るまえに、われわれは警察を呼ぶと言って脅さねばならなかった。彼が暴力をふるうのではないかと本当に怖ろしかったよ。じつのところ、まだ怯《おび》えている」

「わたしにはよくわかりませんが」嘘が反射的に口をついて出た。ニックにはあまりにもよくわかった。ファーンズワースとデーヴィーがいっしょにいるのを見つけたことは、その二人にたいする自分たちの真っ黒な疑惑が裏づけられたように、アンドルーには思われたに違いない。ニックにわからないのは、どうしてアンドルーはティンタジェルへとびだしていって、デーヴィーと——それに、結果的にはファーンズワースとも——対決することが、役に立つと考えたのかということだった。おそらくアンドルーはきちんと考えることができなくなっているのだ。それなら、ニックが自分たち二人のために考えねばならない。「アンドルーは今、どこにいるんですか?」

「かいもく見当がつかん。彼は怒って家にとびこんできたときと同じように、ものすごい勢いで家からとびだしていった。しかし、またくると言ったよ。デーヴィーさんはそれを脅しだと考えているが、わたしとしては彼を責めることはできん。きみの兄さんがわたしの居場所を知ってるかどうか……」

「どこですか、それは?」

「〈キャメロット・キャッスル・ホテル〉だ。岬にある」

「わたしがそこへ行くことをお望みですか?」

「どちらかというと、そうしてほしいね。彼はこの近くのどこかに潜んでるんじゃないかと思うんだよ、ニコラス。彼のチャンスを待ちながら。暗くなるまで待ちながら。わたしのほうがなんの措置も講じなかったために、デーヴィーさんに害が及ぶようなことになれば、わたしは自分を許せないだろう。きみも同じように感じてくれることを願うよ」

「感じますよ、間違いなく。けれど——」

「一時間以内にきてくれるものと当てにしている」

「はい、しかし——」

それ以上は口にされなかった。電話は切れていた。

一時間というのはぎりぎりだった。晴れてきた午後、ニックはいつもよりスピードをあげ、北へ向かって車を走らせた。ボドミン・ムーアから吹きつける身を切るような風が空と陸を掃き清め、雲は薄れてばらばらになり、灰色の切れっぱしになっていった。太陽が遅ればせに低く顔をだし、丘陵《きゅうりょう》の上すれすれにまばゆい光を放った。ティンタジェルへ最後に行ったのは、もう二十年以上も前だったとニックは考えた。とはいえ、二十年の歳月もああした場所では多くの変化をもたらさなかったに違いない。嵐にさらされてきた岩の島と言ってもいいあの場所には、中世の城のすり減った土台部分が今も残っているだろうし、内陸には、村の通りに今もパブやカフェやギフトショップが軒を連ねているはずだ。もちろん、一年のこの時期には、その多くが店を閉めているだろう。駐車場は空っぽ、城への道も歩く人はほとんどいないという有り様で、あそこはシーズンはずれの冬眠状態にあるに違いない。

高台の道路で東からのカーヴをぐるっとまわったとたん、ふいに眼下のくずれた海岸線が目に入った。黒い岩の上に白くこぼれる青灰色の波。バラス・ノーズとティンタジェル島が海のなかに突き出ていて、そのあいだの陸の台地に、近くの廃墟よりよほど城らしく見える〈キャメロット・キャッスル・ホテル〉が建っている。結局は敷設されなかったキャメルフォードからの鉄道路線のために、終着駅のホテルとして役立つことになっていた、大金をかけたヴィクトリア朝ふうの建造物。

ニックがボッシーニーの村――そこは観光客が増えたために、ティンタジェルの郊外のようになってしまった村だ――へと丘をくだっていくと、前方の海岸は――それとともにホテルも――見えなくなった。そのときだった、父がティンタジェルについて一度ならず彼に言ったことを思いだしたのは。「あそこは奇妙な外見の土地だ。しかも、外見よりもまだもっと奇妙なところだ」

しかし、ニックが車を走らせながら目にするそこの大通りは、平凡で冴えない、意外性などどこにもない静かな通りのように見えた。ホテルへ行く途中で彼がそこに立ち寄る理由はなかった――〈スウォード・アンド・ストーン〉というパブの外に、アンドルーのランドローヴァーがとめてあるのを見つけるまでは。

　ニックは道路の反対側に車をとめて外へ出た。アンドルーの姿はどこにも見えなかった。〈スウォード・アンド・ストーン〉はその殺風景な表構えや、剝げている塗装や、町でもっとも大きくて冴えない看板からして、ティンタジェルの宿屋のなかでもいちばん魅力のない店と言えそうだったが、ともかく店は開いているように見えた。彼は道を横切って店のなかへ入っていった。

　バーは予想したとおり閑散《かんさん》としていて、装飾もほとんどなく、洞窟のように冷え冷えしていた。突き当たりに玉突き台が置かれ、派手にすえつけられたスピーカーからカントリーウェスタンのテープが流れている。おそろいのジョギングスーツを着た、腹の大きい、無表情な顔つきの中年の男が二人、テーブルのひとつにすわってラガービールを飲んでいた。バーのスツールにすわっている、ほかの一人だけの客がアンドルーだった。彼の前のグラスにはウィスキーが入っていたように見えたが、アンドルーがそれをすでに飲み干しているのではっきりわからなかった。彼はひどく酔っていて、弟が近づいてくるのを見ても驚いた顔すらしなかった。

「ヘイ、ニック。いっぱいやるか？」

「どうなってるんだよ、アンドルー？」

「そんなこと知るか」

「ファーンズワースが電話をかけてきた。デーヴィーの家で兄さんが面倒を起こしたと言って」

「すべての面倒を起こしたのはあいつらだ」

「あそこへ行くのはあまり利口な考えじゃなかったよ」

「じゃなかった？　だがな、おれはやつらがいっしょにいるところを見つけたんだ、そうだろう？」アンドルーは目を細めた。「やつら二人でさ、おれたちにたいして陰謀を企んでるところを」

「それを証明することはできないよ」

「そんな必要はない。おれにはわかってる。そして今では、やつらもおれがわかってることを承知してる」

「あそこへ引き返そうと考えてるんじゃないだろうね？」

「かもしれん。デーヴィーの野郎が独りきりなら、簡単にやっつけられる」

「とんでもないよ。兄さんは警察を巻きこみたいのか？」

「どっちにしても、そうなるのは時間の問題にすぎん。ところで、おまえも飲むか？」奥の部屋から足を引きずりながら出てきていた、とろんとした目つきのバーテンダーにアンドルーは頷いた。

「ぼくはコークをもらう」

「本気かね、おい？　物好きだな。あんた、聞いただろう。おれにはベルズのお代わりだ。ラージにしてくれ」

飲み物が差しだされ、アンドルーの肘の横に積まれたつり銭から代金が抜き取られた。バーテンダーは不機嫌な顔で空になったアイスバケットをちょっとのぞいてから、それを持ってふらふら奥へ引っこんだ。

「おまえは偶然の符合だと信じるのか、ニック？　おれは信じない。ファーンズワースがデーヴィーの家へ行ったのは、引退した採石工の暮らしぶりを見るためじゃない。または、城で壺を掘りだした思い出話を聞くためでもない。彼があそこにいたという事実が、おれに必要なすべての証拠だ。あいつらこそおれたちが立ち向かってる相手なんだ。悪党めが」

「そのことでどうする気なんだ？」

「まだ考慮中だ。だが、おまえよりゃ頭をはたらかせてるさ。そいつは間違いない」

「あのね、ぼくは今からファーンズワースに会いに行く。できるだけ事態をまるくおさめる。そのあとで、うちまで車で送ってくよ。それでいいだろう？　兄さんは明らかに自分で運転できる状態じゃないからね」

アンドルーはぼんやりした眼差しを彼に投げた。「事態をまるくおさめる？　冗談を言ってるんだな、おまえ」

「今のところは、それしかないんだよ。ぼくたちは……よくよく検討しなければ」

「よくよく検討するだと？　なんだよ、ニック」アンドルーは失望してゆっくり頭を振った。「なんの役に立つんだ、おまえは、ええ？　どんなくその役に立つんだよ？」

彼はスツールから滑りおりると、やめろ、やめろ、というように頭のうしろで腕を振りながら、玉突き台の向こうの〝男性〟と記されたドアのほうへよろよろ歩きだした。「おまえがそうしたいんなら、ファーンズワースの尻をなめに行ってこい。かまわんさ。おれは彼とデーヴィーと――それに、あのハートリーって女と――取引する、おれのやり方でな。そうするしかないだろうが？　おまえが怖気《おじけ》づいて逃げるんなら、ほかに方法はない。承知しとくべきだったよ。事態がまずくなったら、おまえはいつだってそれしかやらなかったことを。それがただひとつの――」

彼の背後で便所のドアがぴしゃっと閉まり、アンドルーの言葉が聞こえなくなった。ほかの二人の客がニックをじっと見つめている、それまでよりわずかに興味をそそられた顔つきで。ニックは彼らの興味をはぐらかそうとして、コークをぐいとひと口飲んだ。そのとき、バーの上に積まれたつり銭のかたわらに、アンドルーの車のキーが置いてあるのが目にとまった。

彼はほんの数秒、情況を思案してから、キーを取り上げコークを飲み干して出口へ向かった。

村の北の端を抜けると、〈キャメロット・キャッスル〉までは車ですぐだった。ニックの記憶にある、ごちゃごちゃかたまったバンガローとホテルのあいだのスペースには、新しく建てられた高級な構えの住居がぎっしり連なっていた。ホテルは、ぬうっとそそり立つ、城を模したヴィクトリア朝ふうのゴシック建築で、建物は今はすっかり日陰になっていた。太陽は雲のない水平線の上に沈みながらも、まだまばゆい光を放っている。

ニックはファーンズワースのシトロエンの横に車をとめて外へ出た。とたんに気づいたが、ここはいちだんと寒くて、吐く息が白かった。空気は秒刻みで冷えこんでいくように感じられる。ティンタジェル島のほうへ目をやると、そこの日陰になった中世の城の土台部分は、崖に埋めこまれた、すり減ったドラゴンの歯列のように見えた。すぐに彼はホテルの入り口に向かって足を急がせた。

しかしながら、彼がドアにたどり着くまえに、ファーンズワースがポーチに出てきて彼と顔を合わせた。ファーンズワースはオーヴァーコートとスカーフと手袋、それに前後にひさしのある鳥打帽《とりうちぼう》にくるまれていて、それはオクスフォードの通りでは楽しい風変わりな装いに見えただろうが、ここではただの変てこりんな格好に見えた。

「ああ、ニコラス。暗くなるまえに、気持ちを静めるために外気を吸ってこようと思ったんだ」彼は落ち着き払った笑みをニックにふるまった。「じつを言うと、きみに会うことを諦めかけてた。約束したよりすこし遅かったね」

「仕方なかったんです。兄とばったり出会ったもので」

「わたしではなく、きみが出会ったわけか。彼は落ち着いていたかね？」

「ええ。彼に必要な程度には。彼はあなたがたとの……争いについては、はっきり憶えてませんでした……あなたほどには」

「意外ではないよ。彼には自分の主張していることがわかっていないようだった。もちろん、わたしにもわからないが。その件について、きみは説明できるのかね？」

「いいえ、まったく」

ファーンズワースは眉を吊り上げた。「何が彼を……異常な行動に駆り立てたのか、心当たりはないのかね？」

「ええ、あなたのほうで心当たりがないのなら」

一瞬の沈黙が流れた。それからファーンズワースが静かに言った。「それは残念だ」

「あなたがデーヴィーの家にいらっしゃるのを見て、彼は明らかに驚いたんです」

「驚いたことは理解できるよ、ニコラス。だが、激昂《げきこう》するとはね。それに関しては不都合なことは何もない。二十世紀のもっとも重要な英国における発掘のひとつに、デーヴィーさんは参加したんだからね。それについて彼の憶えていることが聞けるかと興味を抱いたんだよ」

「父にお訊ねになったのなら、彼がまだあなたに話してなかったことはないはずだと思いますが」

「べつの観点というのが、つねに啓蒙《けいもう》的なのだ。残念ながら、きみの兄さんに邪魔されたおかげで、重要なことはほとんど聞きだせなかった」

「申し訳ありません、アンドルーがあなたがたを動転させたのなら」ニックは自分の言葉が本気に聞こえるように、精いっぱい努力した。だが、じつのところは、ファーンズワースとデーヴィーという考えられない組み合わせにたいして、アンドルーにおとらず疑惑を抱いていた。誰かがニックの車にこっそりビデオを置いた。そして、テインタジエルの夕闇のなかで穏やかに彼を見つめている、この年老いたえせ美術愛好家こそがその第一容疑者だった。けれども、それは浴びせてはならない非難だった。ファーンズワースが本当に自分たちを脅迫しているとしても、こちらとしてはそれを認めるわけにはいかないのだ。「わたしが彼を家に連れて帰ります。そして、彼がこれ以上、けっしてあなたがたにご迷惑をかけないようにします」

「彼は今どこにいるのか訊いてもいいかね?」

「村のパブです」

「それならだいじょうぶだろう。デーヴィーさんを安心させるために、きみから電話をするかね？」

「アンドルーを家に連れて帰るほうが重要だと思うのですが、どうでしょう？」

「そうかもしれんな。デーヴィーさんにはわたしから電話して、どうなったか知らせておくよ」

「けっこうです」

「あれはきわめて当惑する経験だったよ、ニコラス。きみの兄さんがあんな振る舞いをする理由などまったくないんだからな」

「あすの朝、お電話します、ドクター・ファーンズワース。よろしいですか？」

ファーンズワースは思いやりをこめて、こっくり頷いた。「けっこうだとも」


ニックはせめぎ合う考えに頭が混乱しながら〈スウォード・アンド・ストーン〉へ引き返した。アンドルーの現在の状態を考えると、彼をティンタジェルから連れだすことが絶対に必要だった。けれども、ビデオのことはどうすべきだろう？　直接対決というアンドルーの作戦は無残な結果に終わった。とはいえ、ニックに考えだせるほかの作戦が、それよりましな成果をもたらすとも考えられなかった。彼らは鉤《かぎ》にひっかけられて、ロープにぶらさがっている状態だった。しかしながら、そのロープを誰が引っ張っているのかすらはっきりわからない。さらに、その理由となると……。

　無表情な顔つきの二人は相変わらずラガーをちびちび飲んでいた。バーテンダーは《エクスチェンジ・アンド・マート》を繰っていた。しかし、アンドルーの姿はそこになかった。彼がすわっていたスツールの前のつり銭の山も消えていた。

「彼は出ていったよ」ニックの質問を見越して、バーテンダーがそう言った。「あんたが出ていったあとすぐに」

「どこへ行くか、行き先は言ってたかな？」

「いいや。けど、遠くへは行ってないよ。彼はあんたが彼の車のキーをかっぱらったと言ってた。そのことでひどく腹を立ててた。でもあんたはたぶん、よき市民になろうとしただけだよ。なんせ彼はすっかり限度を超えちまってたもんな」

　アンドルーはどこへ行ったんだろう？　ニックの心にひとつだけ答えが浮かんだ。

「このあたりに住んでるフレッド・デーヴィーという男を知ってるかね？」

「いいや」

「彼の住所はブッチャーズ・ローの三番地だ」

「ブッチャーズ・ロー？」バーテンダーはさも考えこんでいる様子に見えた。「はっきりわからんな」彼はもうすこし考えた。「待てよ。キャメルフォード道路のはずれのトレガッタの先に、コテージが並んでる。あれがブッチャーズ・ローだったかな？」彼が無表情な二人連れに目を向けると、二人は彼らにぴったりの間合いで、ゆっくりと同時に、こっくり頷いた。「そうだ。あそこだよ」

ニックが車で村から出たときには夜になっていた。キャメルフォードへ行くBロードは、小規模の地方版ラッシュアワーが始まっていて、彼がやってきたルートより渋滞していた。トレガッタはティンタジェルの南、八百メートルほどのところにある集落で、バーテンダーによると、ブッチャーズ・ローはさらにもう八百メートルほど先にあった。だが、この道路がそこへ行く唯一のルートだった。アンドルーがデーヴィーをふたたび訪ねることにしたのなら、ニックは途中で彼に追いつけるはずだった。彼らが別れて以後の時間内に、アンドルーは一キロ半も歩ける状態ではなかった。けれども、彼の姿はなかった。それはある意味でニックにとってありがたかった、トレガッタから先には歩道はなく、道路べりにもあまり余地はなかった。道路わきには酔った歩行者が歩けるだけの幅がなかったのだ。

ブッチャーズ・ローは、トレガッタの先の最初の曲がり角を通り過ぎてすぐの、小さな脇道だった。ニックはスピードを落としてのろのろ走り、後ろの車からホーンを鳴らされた。だが、ちょうどうまくその小道を見つけ、そこへ車を乗り入れることができた。低いスレート葺きの屋根のコテージが四軒、小道にじかに面して並んでいた。ニックは家並みの反対側のはびこったサンザシの生垣の下に、車をできるだけ片側に寄せてとめると、車から跳び下りてデーヴィーの玄関に向かった。

正面の窓からは、きっちり閉まった薄いカーテンの奥に、ごくかすかな明かりだけが見えていた。ニックが数回、ノッカーを大きく打ちつけると、ドアの内側からすり足で近づいてくる足音が聞こえた。

「どなた？」女の声が問いかけてきた。

「ニコラス・パレオロゴスです」彼は大声で答えた。

「誰ですって？」

「デーヴィー夫人ですか？」

「ええ」

「わたしはニコラス・パレオロゴスです。兄がお邪魔してますか？」

ドアがふいにぐいと開いて、狭い玄関に立っている二つの姿があらわれた。フレッド・デーヴィーはニックの記憶にある葬儀のときよりも、もっと背が低く見え、彼の妻のマーガレットはそれよりまだ低かった。彼らの衣服はすりきれていたし、隣り合った居間から玄関へ暖かな風が流れこんでくることもなく、かすかにかび臭い冷え冷えした空気だけがたちこめている。けれども、二人の表情に弱々しさはみじんもなかった。デーヴィー夫妻は困難な生活にやつれ、厳しい老齢を迎えた、似合いのカップルだった。

「あんたの兄さんはやってきたが、もう帰ったよ、パレオロゴスさん」フレッドが言った。「それから二時間になる」

「彼が戻ってきたかもしれないと思ったんです」

「こなかった」

「言っときたいんですがね」マーガレットが口をはさんだ。「彼はひどく怒ってたから、暴力をふるわれるかと思いましたよ」

「すみません、ご迷惑をおかけしたんなら」

「ドクター・ファーンズワースもそう言ってた」フレッドがそう応じた。「たった今、彼から電話があって、あんたが兄さんをぶじに家まで連れて帰るということだった」

「そうします、彼を見つけたら」

「あんたをまいて逃げたんかね、彼は？」

「そんなところです」

「あんなことを続けるんじゃ、彼はよっぽど用心しないとな。面倒に巻きこまれることになる」

「彼に代わってお詫びするしかありません、デーヴィーさん」

「あんたの父さんがいっちまったことが、彼をおかしくしてるんだろうよ」

「たぶん」

「そうだな……」フレッドは思案するように下唇を突きだした。「彼を家まで送ってくれ。わしらにはもうそれ以上、言うことはない」

「できるだけのことをします」


ニックは車をバックさせて、なんとか大通りに出ると、ティンタジェルのほうへ引き返しながら、アンドルーは〈スウォード・アンド・ストーン〉を出たあと、きっとべつのパブへ行ったに違いないと考えた。選べるパブが数軒あった。情況が情況だけに、ぐでんぐでんに酔ってしまうのが賢い方法なのかもしれない。しらふで考えこんでも、たしかにニックにはなんら報いはなかった。

そのとき、彼がぐんとスピードを上げたとたん、ふいに前方の道路わきにアンドルーがいるのが目に入った。腕を上げて目をかばいながら、こちらのほうへよたよた歩いてくる。ニックがぐいっとブレーキを踏んで急停車すると、背後からホーンを鳴らされ、ライトを光らされた。腹を立てた運転者が、ニックがそろそろ開けたドアをあやうくもぎ取りそうな勢いで追い抜いていった。

「いったい何をやってるんだよ、アンドルー？」ニックはそう叫びながら、ドアから飛びだして車の前へまわった。「ぼくだよ。ニックだ」

「おれが何をやってようと、なんでおまえが気にするんだ?」アンドルーは足をとめ、ヘッドライトのまぶしい光ごしに横目で弟を見た。影ができて歪んだ顔がまるでハロウィーンの怒りの仮面のように見える。

「ぼくたちはいっしょにいなきゃならないからだよ」

「おまえはおれの車のキーを盗んだ。ふざけた、いまいましい――」そのあとは通り過ぎるトラックの轟音にかき消された。

「兄さんは運転できる状態じゃないよ」

「たぶんな。けど、デーヴィーから真実をしぼりだすにはもってこいの状態だ」

「ばかなこと言うなよ。さあ、車に乗って」

「おれにばかなんて言うな」アンドルーはよろめきながら足を踏みだし、ニックの胸を突いた。「おまえがどう思おうが、おれはあそこへ行く。さあ、そこをどけ」

「ぼくの言うことを聞いてくれよ、アンドルー」ニックは兄の腕をつかんだ。「ぼくたちは――」

「おれを行かせろ」アンドルーのほうがはるかに力が強かった。彼はニックを引き離して車のほうへ突きとばした。ニックはボンネットに仰向けに倒れ、一方のアンドルーはそのはずみでバランスをくずして、右側のフェンダーにぶつかった。

次に起こったことはあっというまの出来事だったが、体をまっすぐに起こしたニックの目には、それは一分かそれ以上かけて展開していった出来事のように映った。アンドルーのいい加減あやしくなっていた方向感覚が彼を見放した。彼は前かがみのまま、三歩よろよろと道路の真ん中へ踏みだしてしまい、一瞬、両方向からの大量のヘッドライトに照らされた。ホーンがけたたましく鳴った。アスファルト舗装の道路で横滑りしたタイヤがキーッときしんだ。そのとき、黒っぽい、ほとんど見えないヴァンの影が彼に迫った。

どすんという音。ぼんやりした転がる影。なおもきしむタイヤ。鳴り響くホーン。弾んでがたがた揺れるタイヤ。ごちゃごちゃの暗闇のなかで、何かが押しつぶされ、ぽきっと砕け、飛び散った。その瞬間までニックの兄だったものが、今は……。

もうなかった。

（下巻に続く）

|著者|ロバート・ゴダード　1954年英国ハンプシャー生まれ。ケンブリッジ大学で歴史を学ぶ。公務員生活を経て、'86年のデビュー作『千尋の闇』（創元推理文庫）が絶賛され、以後、現在と過去の謎を巧みに織りまぜ、心に響く愛と裏切りの物語を次々と世に問うベストセラー作家に。他の著書に『今ふたたびの海』『秘められた伝言』（以上、講談社文庫）『石に刻まれた時間』（創元推理文庫）など。

|訳者|加地美知子　1929年神戸市生まれ。同志社女子専門学校英語学科卒。訳書にゴダード『秘められた伝言』、リンスコット『姿なき殺人』、ホワイト『サンセット・ブルヴァード殺人事件』（すべて講談社文庫）、ハイスミス『スモールgの夜』（扶桑社ミステリー）など。

悠久《ゆうきゅう》の窓《まど》（上）
ロバート・ゴダード｜加地美知子《かじみちこ》 訳

講談社文庫
定価はカバーに
表示してあります

2005年３月15日第１刷発行

発行者――野間佐和子
発行所――株式会社　講談社
東京都文京区音羽2-12-21　〒112-8001
電話　出版部（03）5395-3510
　　　販売部（03）5395-5817
　　　業務部（03）5395-3615

デザイン―菊地信義
本文データ制作―講談社プリプレス制作部
印刷―――豊国印刷株式会社
製本―――株式会社千曲堂

Printed in Japan

落丁本・乱丁本は購入書店名を明記のうえ、小社書籍業務部あてにお送りください。送料は小社負担にてお取替えします。なお、この本の内容についてのお問い合わせは文庫出版部あてにお願いいたします。

ISBN4-06-275021-X

講談社文庫刊行の辞

二十一世紀の到来を目睫に望みながら、われわれはいま、人類史上かつて例を見ない巨大な転換期をむかえようとしている。

世界も、日本も、激動の予兆に対する期待とおののきを内に蔵して、未知の時代に歩み入ろうとしている。このときにあたり、創業の人野間清治の「ナショナル・エデュケイター」への志を現代に甦らせようと意図して、われわれはここに古今の文芸作品はいうまでもなく、ひろく人文・社会・自然の諸科学から東西の名著を網羅する、新しい綜合文庫の発刊を決意した。

激動の転換期はまた断絶の時代である。われわれは戦後二十五年間の出版文化のありかたへの深い反省をこめて、この断絶の時代にあえて人間的な持続を求めようとする。いたずらに浮薄な商業主義のあだ花を追い求めることなく、長期にわたって良書に生命をあたえようとつとめるところにしか、今後の出版文化の真の繁栄はあり得ないと信じるからである。

同時にわれわれはこの綜合文庫の刊行を通じて、人文・社会・自然の諸科学が、結局人間の学にほかならないことを立証しようと願っている。かつて知識とは、「汝自身を知る」ことにつきていた。現代社会の瑣末な情報の氾濫のなかから、力強い知識の源泉を掘り起し、技術文明のただなかに、生きた人間の姿を復活させること。それこそわれわれの切なる希求である。

われわれは権威に盲従せず、俗流に媚びることなく、渾然一体となって日本の「草の根」をかたちづくる若く新しい世代の人々に、心をこめてこの新しい綜合文庫をおくり届けたい。それは知識の泉であるとともに感受性のふるさとであり、もっとも有機的に組織され、社会に開かれた万人のための大学をめざしている。大方の支援と協力を衷心より切望してやまない。

一九七一年七月

野間省一

講談社文庫 最新刊

西村京太郎	特急「おおぞら」《ハイデッカー・エクスプレス》殺人事件	相棒の亀井刑事が息子の誘拐犯を刺殺した!? 絶体絶命の窮地を十津川警部は救えるのか?
森 博嗣	捩れ屋敷の利鈍 The Riddle in Torsional Nest	メビウスの帯構造の密室で発見される死体と消失する秘宝の謎に西之園萌絵が挑戦する。
笠井 潔	ヴァンパイヤー戦争《ウォーズ》 9〈ルビヤンカ監獄大襲撃〉	官能の秘儀を行う洞窟で起きた凄まじい事件。九鬼鴻三郎の前に呪われた魔人が立ちはだかる。
首藤瓜於	事故係 生稲昇太の多感	正義感たっぷりの22歳が交通事故解決を目指すが……。 乱歩賞作家による警察小説の新境地。
高田崇史	QED〈式の密室〉	密室の変死体は式神《しきがみ》による殺人なのか? 陰《おん》陽道《みょうどう》と安倍晴明《あべのせいめい》の謎に迫るシリーズ第5弾!
岡嶋二人	クラインの壺	ヴァーチャルリアリティ・システム『クライン2』に上杉がゲーマーとして入り込むと……。
芦辺 拓	時の密室	明治、昭和、現代を結ぶ、精妙で完璧な謎。'02年本格ミステリ・ベスト10第2位の傑作!
和久峻三	京都東山「哲学の道」殺人事件〈赤かぶ検事シリーズ〉	殺害された日舞の家元と不倫関係だったのは赤かぶの相棒、行天燎子警部補の夫・珍男子《うずまろ》!?
松久淳+田中渉	四月ばーか	『天国の本屋』で多くの読者の共感を呼んだコンビが贈るやさしくて切ない大人の恋物語。
アーシュラ・K・ル=グウィン 村上春樹 訳	空を駆けるジェーン	女性の自立と成長を描いた、素敵なファンタジー。〝空飛び猫〟シリーズ待望の第4弾!
ジョナサン・ケラーマン 北澤和彦 訳	モンスター 臨床心理医アレックス	入院患者が殺人を予言した。犯人は誰なのか。臨床心理医アレックス・シリーズ最新長編。
ロバート・ゴダード 加地美知子 訳	悠久の窓(上)(下)	伝説のステンドグラスを巡る謎。十重二十重に仕掛けられた罠とは。ミステリーの大伽藍!

講談社文庫 最新刊

高任和夫 **商社審査部25時**
《知られざる戦士たち》
審査部という商社を陰で支える部署で働く男たちをリアルに描写した、渾身のデビュー作。

群ようこ **いいわけ劇場**
いいわけしながら、様々な手段で〝心のスキ間〟をうめようとするおかしな人たちが次々登場。

藤田宜永 **流砂**
こころ疲れて訪れた冬の海沿いの宿。女将の妹は翳《かげ》のある優しい女だった。傑作恋愛小説。

東郷隆 **御《お》町《まち》見《み》役《やく》うずら伝《でん》右《え》衛門《もん》・町あるき**
江戸の町に起こる怪事件を、尾張藩江戸屋敷の快男児・伝右衛門が解決する痛快時代小説。

柴田錬三郎 **貧乏同心御用帳**
悪には強いが情けに弱い。町方同心・大和川喜八郎が今日も悪を追って江戸の町を行く！

野口武彦 **幕末気分**
災害、テロ、不況。現代と酷似した幕末の、身近で意外な7つの情景。**読売文学賞受賞。**

桜木もえ **純情ナースの忘れられない話**
現役ナースが出会った、忘れられない患者さんたちのエピソード。笑いと涙と感動のエッセイ。

家田荘子 **渋谷チルドレン**
渋谷の街に集まる〝ブッーの〟女のコの愛と性《セックス》。「親には話さない」毎日の生活と本当の気持ち。

曽野綾子 **それぞれの山頂物語**
〈今こそ主体性のある生き方をしたい〉
大好評エッセイ『自分の顔、相手の顔』の第2弾。読めば心のもやもやがスッキリします。

倉橋由美子 **よもつひらさか往還**
あの世とこの世を自在に往来する少年の幻想的でエロティックな冒険を描く連作短編集。

笹生陽子 **きのう、火星に行った。**
突然、療養先から弟・健児が7年ぶりに自宅へ戻ってきた。兄・拓馬の生活が一変する。

渡辺淳一 **化粧**（上）（下）
京の料亭「蔦乃家」の三姉妹が織りなす恋模様。京都-東京、花と性……渡辺文学の最高峰。

中村真一郎
雲のゆき来
僧としても文筆家としても一代の名声を担った元政上人。この江戸前期の詩僧の事蹟を訪ねる旅に同道する国際女優。幸と不幸の間で揺れ続ける旅の終着は……。

森銑三
新編 物いう小箱
膨大な資料を丹念に読み込み近世の人物研究に巨大な足跡を遺した碩学が、資料を離れ虚実の間に筆を遊ばせた興趣溢れる小品集。「猫の踊」等四十四篇を収める。

谷崎潤一郎
金色の死
谷崎潤一郎大正期作品集
江戸川乱歩に影響を与えたとされる怪奇的幻想小説「金色の死」をはじめ、主人公の恐怖の心理を絶妙に描いた日本の探偵小説の濫觴「途上」など大正期の作品群七篇。

海外作品

小説

講談社文庫　海外作品

講談社文庫　海外作品

ホーカン・ネッセル　中村友子訳　終止符《ピリオド》
ハックスリー　松村達雄訳　すばらしい新世界
B・パーカー　佐藤耕士訳　擬装心理
B・バーガー　笹野洋子訳　リスクを追いかけろ
W・バーンハート　白石　朗訳　殺意のクリスマス・イブ
T・J・パーカー　渋谷比佐子訳　ブルー・アワー(上)(下)
T・J・パーカー　渋谷比佐子訳　レッド・ライト(上)(下)
C・ハリソン　笹野洋子訳　闇に消えた女
J・L・バーク　佐藤耕士訳　シマロン・ローズ
ジェーン・ハミルトン　紅葉誠一訳　マップ・オブ・ザ・ワールド
ジャン・バーク　渋谷比佐子訳　骨(上)(下)
シンシア・ビクター　田村達子訳　マンハッタンの薔薇《ばら》
B・プロンジーニ　木村二郎訳　幻影
W.D.ブランケンシップ　中川　聖訳　女競買人横盗り
ジーニー・ブルーワー　矢沢聖子訳　愛は永遠の彼方に
マイケル・フレイズ　西田佳子訳　天使の悪夢(上)(下)

ジム・フジッリ　公手成幸訳　NYPI
A・ヘンリー　小西敦子訳　フェルメール殺人事件
A・ヘンリー　小西敦子訳　ミッシング・ベイビー殺人事件
G・ホワイト　加地美知子訳　サンセット・ブルヴァード殺人事件
ジェイムズ・W・ホール　北澤和彦訳　大密林
ジェイムズ・W・ホール　北澤和彦訳　豪華客船のテロリスト
C・J・ボックス　野口百合子訳　沈黙の森
J・マーサー　北沢あかね訳　猜疑
M・マギャリティ　渋谷比佐子訳　弔鐘
ボニー・マクドゥーガル　吉野美耶子訳　背任
スジャータ・マッシー　矢沢聖子訳　雪殺人事件
スジャータ・マッシー　矢沢聖子訳　月殺人事件
リサ・マークルンド　柳沢由実子訳　爆殺魔《ザ・ボンバー》
S・マルティニ　斉藤伯好訳　弁護人(上)(下)
マーシャ・マラー　古賀弥生訳　沈黙の叫び
フィオナ・マウンテン　竹内さなみ訳　死より蒼く

P・マーゴリン　井坂　清訳　女神の天秤
C・G・ムーア　井坂　清訳　最後の儀式
ウォーリー・ラム　細美遙子訳　人生におけるいくつかの過ちと選択
キャシー・ライクス　山本やよい訳　骨と歌う女
P・リンゼイ　笹野洋子訳　目撃
P・リンゼイ　笹野洋子訳　宿敵
P・リンゼイ　笹野洋子訳　殺戮
P・リンゼイ　笹野洋子訳　覇者(上)(下)
ギリアン・リンスコット　加地美知子訳　姿なき殺人
G・ルッカ　古沢嘉通訳　守護者《キーパー》
G・ルッカ　古沢嘉通訳　奪回者
G・ルッカ　古沢嘉通訳　暗殺者《キラー》
G・ルッカ　古沢嘉通訳　耽溺者《ジャンキー》
D・レオン　北條元子訳　ヴェネツィア殺人事件
N・ロバーツ　加藤しをり訳　スキャンダル(上)(下)
N・ロバーツ　加藤しをり訳　イリュージョン(上)(下)

2005年3月15日現在